JN125040

南三陸

海浜の記憶

近江 静雄

目次

船越

1

坂道を曲がりきると、前方一面に海がみえてきた。そこは、荒峠を経て大須崎へとむかう道の分岐点である。三好隆一は、車を海側に寄せて止め、崖下にひろがる船越(ふなこし)の集落跡を見渡した。

(こんなにも狭い土地だったろうか)

それが、隆一が直感した印象であった。ついで、

(これでは、まるで廃墟そのものではないか)

という思いが脳裏をかすめた。

船越は、石巻市雄勝(おがつ)町の一漁村である。雄勝半島の北東部にあり、北上川が流れそそぐ、追波(おっぱ)湾に面している。この地を訪問するに際し、隆一は、事前にいくつかの資料に当たっていた。平成二十三年(二〇一一)三月十一日。この日襲来した大津波により、雄勝地区では、十五あるおもな浜集落のうち、四つをのこして、ほかはすべて壊滅的な被害をうけている。

(しかし、百三十戸もあった船越の家々が、あらかた失われてしまうようなことが、ほんとうにあるのだろうか?)

現地にくるまで、隆一は半信半疑であった。が、眼下には、みたところ満足に建っている住宅は一軒もない。隆一が車を止めた坂の上に、数軒の家がみとめられたが、海沿いには、左手の崖下に、コンクリート製の白い二階建の建物がみえるほかは、すべて低平な土地が坦々とひろがるばかりである。

　また一つ、ゆるやかな坂を下った。海岸に近づくにつれて、隆一の胸には、

（船越は廃墟となった）

との思いがつのっていく。道の両側には、基礎の土台だけをのこした住居跡がつづいていた。跡地には、丈の高い雑草が生い茂り、たまさかに橙色の花が咲いている。それはキク科のニガナの花のようであった。震災後に設置したのであろう、何本ものコンクリート製の電柱が、そこここに突き立ち、荒涼とした光景の中で、それだけが異質なもののように際立ってみえた。

　ほどなく、隆一は船越港の岸壁に着いた。前方を防波堤で画された入江には、濃紺の海水が湛えられ、かすかに小波が立っている。船溜まりには、船外機付きの小型船が六、七隻舫っていたが、港に出入りする漁船の姿はみられない。

（この人気のなさはなんとしたことだ）

と隆一は辺りを見回した。閑散とした港の雰囲気に、隆一は、あらためて、震災の齎し

た災厄の大きさに思い至った。船越港では、百隻もの船がすべて流されたという。養殖筏も、ワカメやホタテなどを合わせて、二百台を上回る数のものが、また定置網の五台もすべて流失してしまっている。

そのうえ、浸水域には、住宅の再建が禁じられているということだ。生活の根拠地も定まらないのでは、生業（なりわい）である漁業の再建など、急にはおぼつかないはずである。船越では、九割もの世帯が漁業に従事していた。肝心のその生業の復旧が遅れているのでは、港に活気がみられないのも頷（うなず）けることであった。

「それにしても、カモメまでがこうも少ないとは……」

と隆一はつぶやいた。子供のころから、隆一は、南三陸の海浜になじんできた。そんな隆一にとって、港といえば、まずは、漁船であり、頭上に飛来するカモメやウミネコなどの海鳥の乱舞である。ところが、船越港では、漁船は船外機付きの小型船がわずかに目につくだけで、海鳥にしても、目前の岸壁の縁（へり）に、ほんの二羽のセグロカモメをみるにすぎない。

とつぜん、隆一はどこかで、

「アウ、アウ」

という、ウミネコに似た海鳥が鳴く声を耳にした。しかし、入江の上空を目で追ったが、どこにも姿がみえない。そのまま、しばらくの間、隆一は入江をめぐる視界を眺め渡した。前方の沖の方角に、黒い島影があった。それは、貢尻島（くじりじま）という島のはずである。右上空をみると、薄墨色の雲の下に、隆一の立つ岸壁の背後をぐるりと取り囲むようにして、思いがけないほどの高さで、山並みが聳（そび）え立っていた。

谷は奥へとせばまり、山肌は、あくまで濃く深緑色がかっている。岸壁にいると、船越の地が、三方をけわしい山で囲まれた、低地にあることが実感できた。その低地に、海水が入り込み、天然の良港がかたちづくられたということになる。

かつて、五十年ほどもの昔、隆一は船越の地を訪ねている。大学四年のときで、時期もちょうどおなじ秋口であった。卒業論文の調査行のためだが、純漁村としての船越を、集落の成り立ちや、住民の習俗の面からとらえようとしたのである。

隆一が、卒論で漁村を取り上げようとしたのには、たぶんに、少年のころの経験が係わっている。隆一の父は、県庁の職員であった。ある時期、南三陸の海岸部の出先機関をいくつか回った。その転勤につれて、隆一もまた、家族とともに、海辺の町に移り住んだ。

昭和三十五年（一九六〇）の五月。三陸海岸は、南米チリで起きた地震による津波に襲われている。隆一が少年時に見慣れていた、港町や漁村の多くが、大きな被害を蒙（こうむ）ることになった。そのころ、隆一は、隣県にある大学の人文系の学科に入ったばかりであった。

専攻は歴史だが、民俗学にも興味があった隆一は、四年次に、卒論のテーマを決める際、迷うことなく、三陸地方の漁村を研究対象として取り上げることにした。子供のころから見慣れていた、海辺の土地に対する愛着が、その下地にあったことはいうまでもない。

卒論は、まず、南三陸の漁村を、いくつかの類型に分けることからはじまった。遠洋漁業の根拠地となっているもの。沿岸や沖合での釣り漁を主とするもの。あるいは、定置網漁や、養殖などに特色がみられるものなどである。ついで、その典型例となる適地を定め、それぞれについて、村落の成り立ちや歴史、また習俗をくらべて考察していくことであった。

このうち、船越は、沿岸で、ウニやホヤ・アワビ類をとるとともに、アイナメやカレイなどの釣り漁におもきが置かれてきた。イワシの生餌(いきえ)をもちいた、沖合でのカツオ漁は、歴史が古く、明治時代に最盛期を迎えている。昭和初期には、イワシ漁が栄え、魚肥を製造する工場の出す黒煙が、浜の上空を覆いつくし、日光をさえぎるほどであったという。

とりわけ、隆一が興味をひかれたのは、船越が、明治二十九年（一八九六）六月と、昭和八年（一九三三）三月に、三陸海岸を襲った大地震による津波で、被災していたことである。隣り合った荒地区では、両年とも、家屋の大半が流失するか全壊している。死者、行方不明者も、それぞれ二十人余、六十人余とにおよんだ。

それにくらべて、船越の被害は少なかったが、昭和八年には、全壊もしくは半壊した家屋と、流失したそれとを合わせると、その数は二十戸を上回り、床下浸水も四十余戸に達した。そのため、船越では、三十戸ほどを高台に移すことが予定された。このころの戸数は、百戸ほどであったから、じつに三分の一ちかくが移動計画の対象となっている。

2

船越へは、バスで石巻から女川にむかい、雄勝の町を経由して入った。訪ねたのは三日間である。一日は、おもに、船越の集落移動について、土地の古老の説明をうけることに費やした。

老人は、「山幸」という屋号をもつ旧家の人であった。船越では、「山幸さん」の通称でよばれている。すでに、八十歳を超えていて、頭髪はうすかった。が、短めに整えられた白髪が、艶めいた赤銅(しゃくどう)色の顔の肌によく似合っていた。体躯は、背丈が高く、肩幅もがっしりとしてひろかった。

壮年のころには、さぞや、偉丈夫というにふさわしい風貌をしていたのでは、と想像された。問うと、相好(そうごう)をくずして、みずからの経歴について話してくれた。

「四十代までは、漁期には、それこそ、カツオ漁の現場で働き詰めでしたな」

と、遠くをみるようにしていった。山幸さんは、長く他県の遠洋カツオ船に乗り組み、漁労長として一船の漁の指揮をとっている。五十代になって、船を下り、しばらく漁業協同組合の役職に就いたあと、その職を後継の長男に譲り、隠居の身となったのであった。

山幸さんには、隆一は、多くのことを教えてもらった。船越という地名の由来についても、

「この浜は、追波湾の対岸にある、十三浜村とをむすぶ渡し場になっていましてね」

と説明をうけている。

追波湾とは、いまは北上川とよばれている、追波川の河口にひろがる入江である。藩制期に、北上川の水運が盛んなころには、船越港は、西隣の名振港とともに、江戸と往来する回船の根拠地として、大いに賑わったこともあるという。

「船越も、名振も、入江のまえにある、八景島や貢尻島などが、自然の防波堤となっているのがよかったのですな。当時は帆船が主でしたから、風待ちや避難港として、こんなに条件にかなったところは、近くには、ほかになかったですからね」

と語る山幸さんの顔に、一瞬、満ち足りた表情がうかんだ。

「この土地の昔を話題にするなんて、じつに久しぶりですよ」

「昔語りをする、集まりの場はないのですか？」

隆一は、相槌を打つように問った。

「ないこともないのだが、専門的というか、くわしく立ち入って話す機会はないのですよ」

と山幸さんは、隆一にまっすぐに視線をむけた。目には、さらに対話が深まるよう、隆一に催促するようなけはいがあった。誘い込まれて、隆一は、集落移動の件について質問をした。

「明治二十九年と、昭和八年の津波で被災したとき、船越と荒地区とでは、被害に大きな差が出ていますが、やはり、集落の立地場所の違いが、その要因ということになるのでしょうか?」

隆一の問いは、前提として、東北の地方史や津波の研究で知られた、Yという学者の研究成果を踏まえたものであった。Yは、昭和八年の三年後に、船越をはじめ、三陸地方の被災地を実際に踏査して、その見聞を著書にまとめている。むろん、隆一は、その著書に目をとおしたうえで、現地での受け止めかたに違いはないか、そのことを確かめる含みもあった。

「そうですね。Y先生の指摘したとおりですよ。さっきもいいましたが、船越は、海側からみて湾の手前にある、峠崎や八景島などが、防波堤の役目を果たして、津波の勢いを弱めているのです。その点、荒は、直接外洋に面していることもあって、もろに、津波の直撃をうけることになったのですな」

話の途中で、一時、山幸さんが口ごもるときがあった。なにか不快になることでもいったかな、と隆一は気になった。が、山幸さんは、すぐに、落ち着いた表情を取り戻し、一転して嬉々とした笑みをうかべた。

「いや、失礼しました。三好さんの口から、Y先生の名が出たものですから。ずいぶんとびっくりしましたよ。じつは、Y先生が船越を訪ねてきたとき、私は、現地を案内する役をした一人なのですよ。雄勝の役場職員にたのまれましてね」

と、気恥ずかしそうにして、山幸さんはことばを継いだ。

隆一にしても、非常なおどろきであった。目のまえにいる老人が、津波研究の権威であるYとじかに会い、現地調査の道案内までしていたというのである。

「それでは、山幸さんは、これまでも、津波の研究をされてきたのですね」

「研究だなんて、とんでもないです。大学で系統立った学問をする、三好さんなどとはまるで違いますよ」

「いえ、私の方こそ、机上で文献を漁(あさ)るだけで、おなじ県内の土地でも、ほとんどは、実情を知らないことばかりなのですから」

「いやいや、それは謙遜というものでしょう」

と念押しをするようにして、山幸さんはつづけた。

「私の場合、郷土史関係のものを好むようになったのは、船を下りてからなので、ま、老後の道楽のようなものでしてね。それにくらべて、三好さんは、大学で勉強するだけでなく、こんな辺鄙(へんぴ)な土地にまで足をはこんでくださる。Y先生の名前が出てきたときは、ほんとうにびっくりしました。先生を案内したとき、私は陸(おか)に上がって漁協に出るようになったころです。五十代には入っていましたね。Y先生は三十代の前半だったと思います。高校の先生をされているとかで、さっぱりとした気性の人でしたね」

と、そこまでいってから、山幸さんは、ふいにことばをきった。みずからの饒舌に気づいたようでもある。しばらく黙り込んでいたが、やがて、その場を締め括るように、

「三好さんのお蔭で、Y先生と出会ったころのことを思い出すことができました。なにか、懐かしい気持ちがしてうれしいかぎりです」

と言い足した。

津波研究の大家である、Yとの絡みでのことばである。隆一には、面映ゆかった。山幸さんの、自分への応対についても、未熟な一大学生にすぎないのに、

(あまりに丁寧で、へりくだりすぎているのではないか)

と思った。

しかし、山幸さんの態度には、微塵(みじん)も嫌味なところがないのである。むしろ、学問や学

究生活ということへの、素朴な崇敬の念や、あこがれの思いが汲み取れるのであった。年齢差といい、境遇の差といい、大きなへだたりはあったが、隆一は、山幸さんに対し、急速に、親しみと心安さを感じていった。

それからも話が弾んだ。その中で、隆一は、山幸さんが、雄勝町の町史編纂に協力していることをしった。ただに、郷土史の愛好家というばかりではないことがわかった。

肝心の、船越や、荒地区の集落移動のことでは、両地での移動の実態について、くわしい説明をうけて納得がいった。荒地区では、昭和八年の被災後に、ほとんどの家が谷沿いの高地に移動している。ただ、被害戸数が二十戸に満たないため、集団での宅地造成はせず、個々の希望を入れて、移動地をえらぶこととなった。

いっぽう、船越では、三十戸ほどの集団での移動地を、地区南方の高地に用意している。しかし、集落全体としては、被害がそれほどでなかったためか、住民のあいだには、移動の必要性をつよく感じる空気がうすかった。そのため、家屋の移動は、一部をのぞいて、大きくはすすまなかったのであった。

3

（あの日は、たしか、昼食をご馳走になったはずでは……）

山幸さんとのことを思い起こしているうちに、隆一の脳裏に、過ぎた日の記憶が、ゆっくりと回復してくる。それにつれ、かすかだが、胸内に、若やいだ気分が萌してきた。

集落移動について、二人の会話が盛り上がったところで、とつぜん山幸さんが、

「これから、荒へいきましょう」

と言い出した。

「百聞は一見に如かず、ともいうでしょ。やはり、現地をみないことにはね」

軽口を入れた、しぜんな誘いであった。それまでは、どこか謹厳で窮屈そうな表情をみせることもあったのに、急な変わりようであった。

「そのまえに、ちょっと腹ごしらえをしませんか。知り合いから、カツオの生きのいいのを頂きましてね。この時期のは、戻りガツオといって、脂がのって味がいいのですよ」

といいながら、山幸さんは、すぐに立ち上がった。カツオは、早朝、雄勝港に水揚げされたばかりで、金華山沖で捕れたものだという。

小一時間後。隆一は、隣室の客間に招き入れられた。部屋には、豪華なつくりの神棚が飾られていた。座敷の中央に、木目の美しい、欅材の座卓が据えられている。やがて、その上に、大皿に盛られたカツオの刺身と、真っ白いご飯、それに地魚の荒汁が並べられた。皿は、一目で来客用のものと知れる、高価そうな器であった。白の下地に、淡く黄味を

帯びた緑色で、花の図柄が描かれている。隆一が、しばらくのあいだ、一人で置かれたのは、山幸さんがみずからカツオを捌き、食卓を整えたりしたためとわかった。

「長いこと、海の上で暮らしていると、料理番の手伝いもしなければならなくてね。魚料理など、お手の物ですわ」

と山幸さんは、すこしおどけた調子でいった。彼は、病気で早くに奥さんを亡くしていた。

「正直、家族のことなど、とても構いきれないところがありましたね。家内は、私の親父やお袋とのあいだで、気苦労が絶えなかったと思いますよ」

と打ち明けてくれた。船を下りたあとでは、カキとワカメの養殖を始めた長男夫婦と代替わりしたが、漁獲期には、忙しい長男の嫁に代わり、家族の食事の世話を一手に引き受けることもあったという。

給仕は、長男夫婦の娘がしてくれた。山幸さんの孫に当たる娘で、名を郁子といった。整った顔立ちをしていて、切れ長な目や、眉の辺りに、どこか山幸さんに似た雰囲気があった。ただ、体つきは細身で、水玉模様をあしらった紺地のワンピースが似合い、姿の良さが引き立ってみえた。

郁子は、石巻市内の女子高校を出て、養護教諭の資格を取るため、首都圏の私立女子大へと進学していた。その年に入学したばかりというから、隆一の三歳年下になる。大学の後期の授業が、じきにはじまるのだが、母方の親戚に不幸があり、その手伝いで滞在を延ばしていたのであった。

これらは、すべて、山幸さんから聞いたことである。孫娘の郁子を話題にするとき、山幸さんの顔は、集落移動について触れた際にみせた、どこか謹厳さのただよう表情とは一転して、柔和そのものとなった。隆一は、そこに、山幸さんの郁子への愛情の深さを感じ取った。

食事の最中に、ふと、山幸さんは、

「三好さんには、ご兄弟があるのですか？」

と問ってきた。

「四人います。姉が一人に、二人の妹。それと弟です」

あわせて、隆一は、姉と、すぐ下の妹がすでに嫁いでいることも告げた。そのとき、山幸さんと相対していると、なぜか身内のことも、抵抗なく口にしたくなるような心境になっていた。

「ほう、弟さんがいるのですか。それでは、三好さんは、ご長男ということで……」

「ええ、そうです」

山幸さんが言い終えないうちに、隆一は答えた。

「やはり、家を継がれるのですか?」

「私の家では、家業というものがないので、家を継ぐなどという考えはありません。ただ、親の面倒は、自分がみなければならないのでは、と思っています」

「それなら、ご両親は、さぞ安心でしょうな。この浜では、後継者のことが悩みの種になってきているのですよ。わが家では、郁子の下に洋平という弟がいて、これが息子の跡を継ぐというので、どうにか切り抜けられそうなのですが。ただ、郁子のことが、気掛かりでしてね。中学校の養護の先生になりたいというので、遠くに出したのはいいのだが、はたして、地元に帰ってくることができるものやら……」

といってから、山幸さんは、いちど隆一から視線を逸らし、嘆息するように部屋の隅に目をやった。そのあとで、何気なさそうに、

「私としては、月々定まった給料をもらう勤め人に縁付いてくれたら、と願っているのです。それも、なるべく地元に近いところでね」

と、つぶやくように囁いた。それから、隆一に視線をむけ直して、

「なにやら愚痴っぽくなりましたな。孫可愛さあまってのものと、どうか聞き流してください」

と漂(ひょう)げた口調で、みずからのことばを否定してみせた。しかし、見つめ返してきた山幸

さんの目に、少なからず熱が籠っているようにみえ、隆一はろうばいした。

おそらく、このときの会話を、孫娘の郁子が耳にしていたに違いない。山幸さんが席を立ってから、すぐ、台所の方で、二人の遣り取りする声が聞こえてきた。

「おじいさん、なんて失礼なことを聞くの。はじめてのお客さんに、兄弟がどうとか、まるで戸籍しらべをするみたいじゃない」

と、郁子が、山幸さんを窘めているような声がする。それに、山幸さんが、しきりに弁解をしているのであった。

「ここは、郁子に謝るほかはないな。ただ、勤め人と一緒になってほしいというのは、ほんとうの気持ちだし……」

「まだ、そんなことをいって。おじいさんの気持ちが、そうだからといって、初対面の人に話せることなの。聞いていて、もう恥ずかしくて……」

客間にいる、隆一の耳を気遣ってか、二人の声は、低くくぐもっていて、ようやく聞き取れるぐらいであった。しかし、郁子のことばには、非難する口調はあっても、刺々しさはなく、どこかに、山幸さんに甘えているようなひびきがあった。

それでいて、来客を慮る、こまやかな心遣いが汲み取れて、隆一には好感が持てた。

食事を終えてから、荒地区へ出発した。郁子は、山幸さんに呼ばれると、拒むこともせず、素直に応じて二人に同行することになった。車でむかったが、隆一は車中で、郁子から、なぜ養護教諭を志望することになったのか、その動機について聞かされた。

それは、郁子本人が言い出したのではなく、山幸さんが口添えして、ようやく語りはじめることになったのである。要約すると、つぎのようなものであった。郁子が、地元の船越中学の二年生のころ、バレーボールの大会があって、中心地区の雄勝中学へ遠征した。その際、試合中に腕を負傷して、雄勝中の養護教諭に手当てをうけたが、そのことが、そもそものきっかけになったという。

「母校には、まだ養護の先生が配属されていなかったので、とても羨ましく感じられたのです」

と、郁子はいった。また、

「同級生の中には、父親が遠洋航海に出て、長く家を留守にしている友達もいましたから。そんなときの子供達の悩みを聞いてあげられたら、と思うこともありました」

ともいった。これには、山幸さんが口を挟んだ。

「これを聞いたときには、自分と息子のことをいわれているような気がして、正直胸を突かれました。わが家がそうでしたからね。はじめは、郁子を遠くに出すことには反対でした。けれども、こうした志望の理由があることをしって、ここは、本人の希望をみとめるほかにないのでは、と考え直すようになったのです。孫は孫なりに成長している、それを邪魔してはならないな、とも思いましたね」

二人の話は、隆一の心中に、心地よく染み通った。同時に、山幸さんと孫娘の郁子とが、たがいに深い情愛でむすばれていることを、あらためてしることになった。郁子については、漁村に育った少女が、その生活の中で感じ取った思いのまま、一つの目標に向かって、確かな足取りですすみつつあるのでは、と思った。

ほどなく、荒地区に着いた。やはり、山幸さんの説明のとおりで、集落は一か所にまとまっているようにはみえず、家屋は谷沿いの斜面に点在していた。前方に海がなければ、山村に、ふつうにみられる佇まいであった。

帰り際に、三人で砂浜を散策した。外洋に面しているだけあって、打ちつける波は荒く、その波音は、重々しく隆一の身にとどいた。郁子は、出がけにそうしたのか、うすいピンク色のワンピースに着替えていた。それが、濃い海の青と、白い砂地にくっきりと映えている。

客間で対面したとき、怜悧（れいり）そうな目と、整った顔立ちとが、いくぶんかきつそうにみえるところがあった。が、明るい外光の下で、郁子の表情は晴々としていて、すこしの翳りもない。手足はのびやかで、その健康的な姿は、隆一の記憶に印象深くきざみ込まれた。

4

（夢を見ていたような気がする）

隆一は、自分に言い聞かせるようにして、目を上げた。近くで、金属を叩くような音がする。それは、白いコンクリート製の、二階建の建物の裏から聞こえてきた。建物は、隆一が、崖の上から集落跡を眺めた際にみたものである。

近寄ると、入口に、雄勝町の漁協の名が標示してあった。その「…東部漁業協同組合」の、ちょうど「組合」に当たる箇所が欠け落ちている。また、西側の角に、二階への螺旋階段が取りつけてあったが、手摺りの一部は、階段に巻きつくように折れ曲がり、被災した痕跡をとどめていた。建物の中は、天井の梁がむき出しとなっていて、床一面に、漁具や漁網、浮き玉などが、ところ構わず散乱している。

まもなく、震災後の一年半が経とうとしているのに、内部の整理は、ほとんど手つかずの状態である。漁協の建物を出ると、すぐ裏手に、ちいさな造船所の施設がみえた。組み上げられた台座には、船尾に、「十三浜大室（おおむろ）港」と記された小型船が載せられてあった。台座の下では、二人の従業員が作業をしている。隆一が聞いた金属音は、そこからしていたのに違いなかった。

「五十年ほども昔に、船越に、漁村調査にきた者です。震災で、雄勝町の被害も大きかったと聞いていました。船越のことが気になって、訪ねてきたのです」

隆一は、従業員の一人に話しかけた。「五十年」と、具体的な数字を出したものだから、一瞬、男はおどろいたようにして手を休め、隆一に顔をむけた。年配は、四十代にみえた。

「この辺りでは、波の高さは、どれぐらいありましたかね？」

とりあえず、隆一は、そう問った。すると、男は、

「十メートルではきかないですよ」

と、すぐに応じた。目には、余所者を警戒するけはいはない。

「ラジオを聴いていたので、津波がくることはわかっていました。最初が三メートル、そのうちに、六メートルへと変わりましたね」

「津波がきたのは、地震があってから、どれぐらい経ってからですか？」

「そうね、三十分ぐらいあとだったかな。防波堤のむこうから、もう真っ黒な水の壁が押し寄せてきました。身の毛がよだつというのですかね。いや、恐ろしかったですよ」

男は、浜から退避したのは、自分が最後ではなかったか、といった。住民は、避難訓練をしてきたので、すぐに、指定されていた、天王山地内の高台へ駆け上がり、難をのがれることができたというのである。そこには、八雲神社や船魂神社が祀られているという。

「ほら、ここからみえますよ」

といって、男は、漁協の建物の背後にみえる、石段のつづく高台をしめした。緑の木陰の合間から、神社の赤い鳥居が覗いている。その高台の右脇には、荒峠へと通じる分かれ道にあった、数軒の民家が望まれた。

「あの家は、無事だったようですが、あそこまでは、波はとどかなかったのですね」

「いや、庭先まではきていますよ。幸い、家の中には、浸水しませんでしたがね」

ごく、あっさりと、男はいう。が、見上げたところ、峠への分岐点のあった土地は、とても、十メートルどころの高さとは思えない。十数メートルか、あるいは、二十メートルを超えているのかもしれなかった。

「あんな高いところにまで、波がきたのでは、船越の集落は、ひとたまりもなかったでしょうね」

「そのとおりです。神社のある高台からみていると、この辺りは、一面すっぽりと黒い水に覆われて、あの二階建の漁協の建物も、なにもかもみえなくなってしまいましたからね。引き波の勢いも凄かったですよ。壊れた家や瓦礫を一緒くたにして、沖の方へ引き浚って(さら)いきました。そのあとでは、港一帯の海底が丸見えになりましたからね」

そのときの記憶を思い出したのか、男の顔には、恐怖の表情が宿っていた。

「こういってはなんですが、船越で亡くなった人や、行方不明になった人は、何人かいるのですか？」

「ここは、津波で犠牲になった人は、それほど多くはなかったはずです。私が聞いたのは、七人だったと思いますよ」

「たしか、雄勝町全体では、三百人を超す犠牲者がいたそうですね」

「そのとおりです。船越では、十人を下回っているのですから、その点でいえば、ずっと少なかったということになりますね」

「やはり、避難が早かったからですか」

「それと、高台が近くにあったことでしょうかね」

問い掛けをつづけながら、隆一の脳裏に、かつて、漁村調査でお世話になった、山幸さん一家の消息のことがうかんでいた。

（ここは、どうしても確かめなければ）

と隆一は思い、

「船越の旧家というと、どなたになりますか？」

と問ってみた。

「さあ、どなたになりますかね。私は、ここで働いていますが、この土地の人間ではないものですから……」

と、男の答えははかばかしくない。そこで、隆一は、直接、山幸という屋号を挙げて尋ねてみた。

「昔、船越にきたとき、大変お世話になった方の家なのです。ご家族が無事なのか心配でしてね」

「ええ、その家でしたら、しっていますよ。ただ、家族のこととなると、そこまではわかりかねますが……」

と、男は済まなそうに視線を逸らした。

(無理もないことか)

と隆一は思った。被災した、船越の惨状を目(ま)の当たりにしていると、個々の家々の消息について情報を得るなど、よほど懇意にでもしていなければ、不可能なことかもしれなかった。しかし、そのまま立ち去ることもできかねて、隆一は、

「船越の仮設住宅は、どこにありますかね?」

とつづけて問ってみた。すると男は、

「いや、船越の仮設といっても、荒峠に、ごくきぼの小さいのがあるだけですよ。ほかは、石巻市内や内陸の方へ分散していましてね。この地区の人達は、それこそ、散り散りになってしまったようですよ」

と急に表情を曇らせていった。そのあとで、

「市の計画では、あの天王山の神社がある高台に、宅地を造成するというのですが、果たして実現するものなのかわからないですよ」

と歎息するようにいった。男の話では、市の計画に応じて、船越への復帰を望む住民は、三分の一ほどという。生業の漁業再建の見通しが立たないままである。そのうえ、周辺にあらたな雇用先など、当分見込めそうもないのでは、しかたのない数字かもしれなかった。

船越を離れている住民にしても、それぞれの事情により、よその土地に移り住んでいるのであろう。そのため、移転計画がしめされても、即応できない住民が多くいることは、じゅうぶんに考えられることであった。

(さてどうしたものか)

と隆一は、自分に問った。

隆一の胸中には、せめて山幸さんの宅地跡だけでもみつけたい、との思いがあった。が、瓦礫こそ片づけられてはいたものの、視界にあるのは、一面、荒蕪地と見まがうばかりの光景である。かつての山幸さん宅は、集落中央の坂道に沿い、正面に海を望んでいたはずである。

しかし、目前には、街区と道との境界さえさだかでない、荒廃した風景がひろがってい

るばかりである。そこに、古い記憶をたどりながら、山幸さんの屋敷跡を探し当てるなど、とうていできそうもないことに思われた。さりとて、土地の人に尋ねようにも、造船所の従業員のほかに、辺りにはまるで人影がみられないのであった。

(ここは、荒峠の仮設住宅にいくほかはないか)

と隆一は思った。それは、造船所の男が教えてくれたものである。きぼは小さいが、船越の住民が入居している、地区でただ一つの施設ということである。とすれば、山幸さんの縁者や、あるいは家族の消息をしる手掛かりが得られるかもしれなかった。

(まずは、荒峠にいこう)

そこで、山幸さんの家族について、すこしでも情報を掴(つか)まなければ、と隆一は思い立った。

5

船越港を発ってから、五分ほどで仮設住宅に着いた。敷地は、荒地区へとむかう峠道の途中にあり、入口に、「応急仮設住宅案内図」と記した、大きな立て看板が設置してあった。住宅は五棟で、それぞれが三つか四つに区切られ、ぜんぶ合わせても二十戸分に満たない、ごく小さな団地である。

案内図のまえに立つと、左手に、団地全体が見通せた。物音一つせず、人影もまるでない。

（どこからはじめてよいものか）

きっかけを掴めないまま、隆一は、しばしその場にとどまっていた。どれぐらい経っただろうか。思いがけず、一番手前の住宅から、男が一人姿をあらわした。来意を告げると、

「よく訪ねてこられるのですよ。知り合いが、この仮設にいはしないかといって。ま、お入りになりませんか」

と声掛けされて、部屋の中へ招き入れられた。そこは、団地の集会所に当てられていて、男は夕方開かれる会合の準備をしていたらしかった。

男の年配は、六十代後半か、七十代に見受けられた。物言いはやわらかく、じつに丁寧な応接である。小づくりで、色白なその風貌から、とても漁師の経験者にはみえなかった。聞くと、三十代までは、遠洋漁船に乗り組んでいたが、早くに陸（おか）に上がり、雄勝の燃料店で働いてきたのだという。船上での仕事はきつく、もともと頑健な体質ではなかったから、中途で見切りをつけることになった、ともいった。

「こんどの震災では、被害に遭われたのですか？」

隆一は、遠慮深げに問った。

「いや、私と家内や母も無事でした。石巻に住んでいる、息子夫婦や孫達にも、とくべつ

変わりがありませんでしたね。この団地に住んでいる人の中には、肉親や親類を亡くした方が沢山います。それにくらべたら、私どもは運がよかったのだと思いますよ」

　と、男は声を低めていった。室内には、ほかに誰もいないのに、みずから発したことばを気に掛けているようでもあった。が、話をつづけるうちに、その被災体験は、ことばどおりにうけとることができないことがわかった。男は、津波警報を雄勝の町で知った。妻と母親のことが心配で、船越に戻ろうとしたのだが、雄勝湾沿いの道は、危険で通れない。やむなく遠回りして、ふだん通らない名振経由で帰ることにした。そのため、ほんのわずかの差で、どうにか家族を避難させることができたのであった。

「それこそ、間一髪のところでした。あと、数分遅れたならば、家内も母も、おそらく助けることができなかったでしょうね」

　と、男は静かな口調でいった。男の母親は、九十歳を超す高齢で、しかも、ベッドに寝たきりであった。それを、彼の妻が介護をしていて、二人はひたすら、男の救出を待っていたのである。

「その母も、二月ほどまえに逝(い)ってしまいました。つい先日、四十九日の法要を済ませたところです」

　と男は、やはり、こともなげにいう。震災時の避難行に、慣れない仮設住宅でのくらしが輪を掛けて、おそらく死期を早めたのに違いない。危うく救うことのできた、その母親の死を、男は淡々と隆一に語った。その表情には、悲哀とはほど遠い、むしろ、諦念にも似た冷え冷えした感情が湛えられている。

慰めることばもなく、隆一は、黙って男の顔をみつめていた。しばらくして、男は、

「ところで、山幸さんのご家族を訪ねてこられたそうですが？」

と隆一を上目づかいに見上げながらいった。

「ええ、そうなのです。学生の頃、山幸のおじいさんに、お世話になったことがあるものですから。震災後、ご家族がどうされているか、気になりましてね」

そう答えると、男は、急に背を起こし、隆一に視線をむけた。

「学生のころといいますと、いつごろのことですか？」

「もう、五十年ほどもまえになりますか」

「五十年ですか、それはまた、ずいぶん昔のことですね」

と、男は声を上げていった。ここでも、「五十年」という、区切りのいい数字が利いたようである。そのあとで、男は、

「山幸さんの家とは、それこそ、ほんの近所ですよ」

と、意外なことを口にした。男の話によると、山幸さんも、跡継ぎの息子も、とうに亡

くなっているという。

すでに、五十年もの歳月が過ぎていた。当時、八十代であった山幸さんはもとよりである。後代の息子にしても、隆一が訪ねたときには、すくなくとも、四十歳代にはなっていたはずである。二人がこの世に存命していないことは、じゅうぶんに予測できることであった。

つづけて、男は、山幸の現当主とは、地元の船越中学の後輩に当たり、親しい間柄である、ともいった。

「洋平さんといいますがね。彼とは、ワカメの養殖のことで、よく情報の交換をしたものです。燃料店に勤めるまえは、短いあいだだが、私も養殖を手掛けたことがありましてね」

「それで、洋平さんは、いまどちらにいるのですか?」

と隆一は、にわかに、洋平という、山幸さんの家の現当主の消息が気になって、男に問った。「洋平さん」とは、いうまでもなく、山幸さんの孫娘郁子の弟に当たる人のはずである。かつて、山幸さんの自宅を訪ねたとき、隆一は、郁子の下に、洋平という弟がいることを聞かされていた。

さらには、彼が、山幸さんの息子につづいて、家業である養殖業を継ぐ予定であったことも、隆一の記憶にとどまっていた。その弟の消息をしれば、いずれ、姉の郁子についてもも話が出てくるのではないか。隆一の中に、ふと、そんな思いがめばえた。

山幸さんがすでに鬼籍に入っているとしたなら、この船越の地で、唯一縁のある人といえば、彼の孫娘である郁子よりほかにはいないのである。が、縁があるといっても、わずか一日、しかもほんの数時間接しただけの娘であった。その郁子について、名を挙げて消息を聞いてよいものやら、隆一の中にためらうものがあった。

「たしか、洋平さんは、石巻市内の仮設にいるはずですよ。こんどの津波で、洋平さんのところの養殖の施設も、それこそ、全滅したようなものですからね。いまだに、再開のめどが立っていないようですよ」

隆一の逡巡に気づくはずもなく、男はつづけた。

「洋平さんのところにくらべたら、わが家の被害など大したことはありません。それでも、家や持ち船など、親から引き継いだ財産を無くしてしまいましたがね。この年になって、こんな目を見るなんて、いまでも、ときどき悪い夢をみているのではないか、と思うときがあるのですよ」

男の顔には、真に迫るものがあり、それまでみせたことのない、打ちひしがれたような表情も垣間見えた。

隆一は、相槌をうつこともできかねた。一方で、郁子の消息も気になり、それを男に問うべきなのか、依然迷うところがあった。しぜん、会話も途切れることになり、間がもたずに、隆一は一旦車に戻り、車中に置いてあった大判の写真集を取りにいった。

その写真集は、石巻地方を上空から撮影したものである。それには、震災まえと被災後の景観が、地域ごとに対比してしめされていた。船越地区単独の写真もあり、隆一は参考になるのではと思い、事前に買いもとめていたのであった。

6

部屋に引き返し、写真集をひろげると急に、男の表情が変わった。なにか話題を転じることができれば、との心積りであったのだが、思った以上に男の反応は大きくみえた。男にとって、その写真集を目にするのははじめてのようであった。

隆一が感じたほどだから、地元の人間には、殊更(ことさら)であったに違いない。船越地区の写真は、見開きになっていた。一面には、港を中心にして、上部に、静穏な日常の佇まいをうかがわせる街並みが写っている。

もう一面には、一変して、ほとんど壊滅状態となった街区が、白茶けた荒廃した姿を陽に曝していた。いつのまにか、男はひろげた写真集へ膝を寄せ、目のまえの写真を指でなぞる所作をした。みると、男の指先は、船越小学校や漁業協同組合、あるいは寺など、地区の主立った建物を追っているのである。

中には、隆一にとっても、建物の位置や経路について、わずかながら、記憶にとどまっているものがあった。やがて、

「ここが、私の家があったところです」

といいながら、男は、写真上の一点を指でしめした。そこは船越小学校からつづく坂道上にあり、港からも至近の距離にあった。

「山幸さんの家とは、ご近所といいましたね」

と、すかさず隆一はいった。

「ええ、そうですよ。これが洋平さんの屋敷の跡になります」

と男は、隆一のことばが終わるのを待たずに、二、三軒隣の、海際に寄った敷地跡の一画を指で差した。むろん目につく建物などは、何一つない。ただ、土台跡と思われる、白いコンクリートの基礎の一部が、わずかに覗かれるだけである。

見開きのもう一ページと見くらべてみたが、道幅にしても、当時よりかずっとひろげられ、周辺には、隆一の記憶に繋がるものは見当たらない。しかし、隣人であるという男のことばでもある。納得のいく指摘というほかはなかった。

(さてどうする)

と隆一は思案した。これで、写真上とはいえ、山幸さんの屋敷跡がどうなっているのか、ひとまず確かめることができたのである。あとは、孫娘の郁子の消息をしることだけがのこされているばかりであった。

(この機会を逃すべきではないのでは)

と、つづけて隆一は思った。山幸さんの家の所在について、ちょうど触れたあとでもある。この際、山幸さんの孫娘の消息を聞いても、不自然にならないのでは、と思われた。

そこで、

「ところで、山幸さんには、郁子さんという孫娘がいませんでしたか?」

と　男に問った。すると、一瞬、男の口許がこわばった。顔には、気後れとも、戸惑いともつかない表情がうかんでいる。やがて、男は顔を上げ、あらためて隆一に視線をむけ直していった。

「山幸さんの孫娘といえば、一人だけだから、それは、洋平さんの姉のことでしょう」

「たしか、弟さんは家業を継ぎ、姉の郁子さんの方は、中学校の養護の先生になるのだと、そう聞いた覚えがあります。郁子さんは、養護の先生になったのでしょうね」

「ええ、そうですよ」

と男は、いくぶん表情をやわらげていい、

「地元には戻らなかったけれども、石巻市内や、周辺の学校を中心に回ったようです」

とつけ加えた。

(やはり、希望した道にすすむことができたか)

と隆一は安堵した。五十年まえ、わずか一度見知っただけの娘ではあるが、ひそかに成功を祝う気持ちになった。

「私らは、子供のころは郁ちゃんと呼んでいました。私より二つ年下で、私の家内とは、小、中学校をとおして、ずっと同級でした。ただ、私や家内と違って、郁ちゃんは、堅い職業に就きましたからね。私どもの幼友達で、大学にまですすんだのは、あの人ぐらいのものですよ」

と男はさらにつづけた。隆一には、郁子の印象は、ほんの一片にすぎない。が、記憶の中で、その姿の良さには人目を惹くものがあった。それにくわえ、高い学歴と、職業が学校の教職員である。

地方では、いまだ、教師という職に対して、一定のおもみをもって評価されているむきがある。おそらく、郁子の幼友達にとって、彼女は誇らしい存在ではなかったか、と隆一には想像できた。

つい、話に夢中になりかけていたせいなのか、いつのまにか、隆一は写真集を横に置き、男と向き合うかたちとなっていた。みると、色白の男の顔が、やや上気しているようにも感じられる。それは、古い記憶に触れ、ひとときでも、若さを取り戻すことができたことによるのかもしれない、と思われた。

隆一にも、同感するものがあった。さらには、会話の中で、男が郁子より二つ年上であることがわかった。かつて、山幸さんに紹介されたとき、郁子は大学に入学したばかりであった。そのとき、隆一は大学四年だから、二人の年齢差は三歳である。ということは、隆一と男とは、一歳違いの同年輩ということになる。

そんな気安さも覚えて、隆一はあらためて問いを発した。

「ところで、郁子さんは、震災のときはどうだったのですかね　無事だったのでしょうけれども……」

すると、男は急に目を伏せ、顔を曇らせた。そこには、最初に、郁子について尋ねたときにみせた、ためらいにも似た表情が窺えるのである。しばらく沈黙がつづいたが、やがて男は、意を決したように重い口を開いた。

「去年の三月十四日。これは、震災が起きた日の三日あとですが、あの人は、国道三九八号線の道路脇で、車の中から遺体で発見されましてね。当日は、スーパーに買い物に出掛けたのですが、帰宅する途中で、渋滞に巻き込まれてしまったようなのですよ。自宅そのものは、石巻市内の山手にあって、津波による被害はなかったのですから、もう、不運としかいいようのないことでした。これは、後日、葬儀の際に、ご家族から聞かされたことです。自宅には、長女夫婦が同居しているのですが、本人とは、なかなか連絡が取れない。そこで、スーパー付近の国道沿い一帯を、夫婦で探し回って、ようやく三日後にみつけることができたというのです」

男のことばを聞きながら、隆一は、いいようのない衝撃に打たれた。いちどは、少女のころの夢を実現した郁子を、こころから祝う気持ちになっていた。それが、一転して、こんどは、震災の犠牲になったという訃(ふ)報である。

(どう、気持ちの整理をつけてよいものか……)

しばし、隆一は思い惑っていた。が、男はそれに気づくようすもなく、ことばを継いだ。

「はじめてお会いした方に、あの人の家庭内のことまで、立ち入って話をするなんて、常識にはずれていることは、重々承知しているつもりです。ただ、あなたが、あの人となにやらご縁があるように見受けられたので、思いきって話す気になりました」

と、男は前置きして、郁子の身上にまつわる事情を教えてくれた。それによると、郁子は、二十年以上もまえに夫を亡くしていた。その夫は、やはり中学校に勤めていて、体育の教師であった。娘が二人いて、ときどき家族連れで、船越の実家に里帰りすることがあ

り、男の目には、

「幸せそのものに映った」

という。

「ところが、人の運命なんてわからないものです。そのご主人が、勤務先の学校で事故に遭い、半身不随になってしまったのですよ。プールの清掃作業で、業者の手伝いをしている最中に、あやまってプールの底に転落し、頭を強打したのです。よほど打ちどころが悪かったのか、脳に障がいがのこったのですね。その後は職場に戻ることもできず、入院したまま治療をつづけていましたが、結局、五十にもならない若さで亡くなりました」

ときどき、口ごもりながらも男はつづけた。

「それでも、あの人は、娘さん二人を、一人前に育て上げているのですよ。自宅を建て増ししたのは、三年ほどまえになります。長女夫婦を呼び寄せましてね。老後になって、ようやく安心を得ることができたということですか……。それが、こんどの震災で命を落とすことになったのですから、もう、ほんとうに気の毒でならないのですよ。つい、長くなってしまいましたが、ご縁があった方だというので、お話しした方がよいのかと思いました」

話し終えたとき、男の顔が一瞬安らいだようにもみえた。

隆一にとっては、二重の衝撃であった。震災で遭難死した変事につづいて、郁子は、すでに二十年以上もまえに夫と死別していた、という事実をしることになったのである。

（彼女が生きた道筋を、どう解すればよいのだろうか？）

隆一は、しばし、その場に坐したまま、漁村に育った一人の娘の生涯に思いを馳（は）せた。その娘は、少女のころに抱いた進路へとすすみ、やがて伴侶を得、子をもうけた。途中、不幸にして夫を亡くす苦難に遭うも、二人の子を世に送り出し、老後には、娘夫婦と同居し安寧を得ることとなる。それが、とつぜん、震災により命を絶たれたのである。

（無残というほかにないのでは）

と隆一は思った。

去年三月の震災後、隆一はメディアをとおして、震災が齎（もたら）した、さまざまな悲劇について見聞きした。そこには、犠牲となった一人一人に、それぞれの生きた軌跡があり、また劇があるということを知った。若いころ、船越で会った郁子の死については、ほんのわずかとはいえ、自分と係わりをもった人でもあり、とりわけて痛ましいという思いがしたのである。

志津川

1

二周年となる三・一一がちかづいてきた。それにつれて、東日本大震災にかかわる報道がおおくなった。三好隆一の故郷南三陸町志津川でも、古刹大雄寺において、犠牲者を慰霊する観音像の開眼式がおこなわれるという。三月十一日の追悼式には、地元の高校生により、被災体験を織りこんだ歌曲が披露されることも報じられた。

隆一の脳裏には、津波に蹂躙される志津川の光景が、いまだに消えることなくとどまっている。それは、あるテレビ局が放映したものであった。映像は、志津川港に押し寄せた津波が、土埃のような茶色い煙を舞い上げながら、海沿いの町並みに迫るところからはじまっていた。やがて、こわれた家屋や家財や車など、無数の瓦礫をうかべた海水が、奔流となって渦を巻き、たちまちのうちに市街地を覆いつくし、背後の山際へと迫ってくる。

べつの映像には、あやうく難をのがれた避難者のすがたが映っていた。場所は、高台にある高校の校庭の真下であった。老婆が一人、いままさに、畑中の道から校庭の法面へ駆け上がろうとするところである。すぐうしろからは、濁流が追いつこうとしているのに、老婆の所作は、もどかしいほどに鈍いのだ。

それでも、救援者に急かされ、最後は腕をつかまれて校庭へ引き上げられ、ようやく危地を脱することになる。そのときの老婆の顔は引きつり、それこそ必死の形相であった。ややあって、老婆は周囲へむけて会釈するのだが、隆一には、腰をかがめ、どこかにすまなそうな表情の窺えるすがたが、ひどく痛々しく感じられた。

隆一が志津川でくらした年月は、こどものころの五年間ほどである。就学まえから、小学四年生までのかぎられた期間にすぎない。しかし、ある時期を境に、自分の郷里としてつよく意識するようになった。

きっかけとなったのは、「陸の孤島」ともいわれてきた志津川が、国鉄（のちＪＲに）石巻線の前谷地駅を経て、直接鉄道で仙台とつながったことである。沿線の町々が活気づくとともに、志津川湾の風光の良さが、旅行者の目を惹き、その魅力が広くしられるようになった。

そのころ、隆一は大学を卒業して半年後に、ようやく職を得たばかりであった。仙台市内のある財団法人の施設だが、年度途中で欠員が出たため、大学研究室の教授の口利きにより、急遽、臨時で採用されることになった。職場は、職員もすくなく、事務的な仕事もこなさなければならない。仕事に不慣れなうえに、しばらくは、身分的にも不安定なままに置かれた。

まるで、前途が見通せず、鬱屈した日がつづく。そんなとき、かつてこどものころすごした土地に、にわかに光りがあてられることになった。志津川のことが話題にされるたびに、隆一の胸は明るんだ。それとともに、胸中には、いつか、この地に住んだことを、心のよりどころにしようとする感情がめばえていた。

志津川の景色の中で、隆一には、気に入っている場所がいくつかある。その一つは、黒崎地内の国道からの眺望である。そこは、戸倉地区折立の集落をすぎて、最初に志津川湾が目のまえにひらけてくる地点になる。晴れた日には、右手前方の真っ青な海面に、カキやホヤ、ワカメなどの養殖筏につけられた、色とりどりの浮き玉があざやかに陽に映える。

そのさきのホテル観洋からは、湾内を一望の下に見渡すことができた。景勝地荒島はもとよりである。志津川港一帯や町並み。くわえて、町の中央をつらぬく八幡川の川筋や背後の惣内山の山景。はては、遠く歌津半島までが眼下にひろがるのである。

2

その愛着ある志津川の町が、二年まえの津波により、壊滅的な被害を蒙(こうむ)ることとなった。以来、ときどきたずねているのだが、去年の三月十一日には、都合がつかずいくことができなかった。今年こそ、節目となる日に合わせていき、当日の町の様子や復旧ぶりを、じかに確かめたいと思った。

最初は、十一日の朝に、現地へむかうつもりでいた。それが、思わぬことからその日を待たずに、三月早々にでも出かけてみる気になった。というのは、仙台市内の古書店で、志津川について書かれた、一冊の随筆集をみつけたことによる。

隆一が立ち寄った古書店は、それまでにも利用していた店である。郷土史コーナーに、志津川に関連した史料があれば、見のがすはずはないのだが、その随筆集は、はじめて目にしたものであった。震災後の書籍の入れ替えにより、書架にならぶことになったのかもしれない。

その本は、『懐旧の旭ヶ浦』と題し、著者は志津川在住の人であった。「旭ヶ浦」とは、志津川湾の別称だが、書中には、志津川の歴史や風物について、さまざまな回顧談が記されていた。隆一が本を手にしたまま、しきりに懐かしがるものだから、そばから妻が口を挟んだ。

「もしかしたら、恩師のお父さんではないかしらね」

「あの、志津川出身の人の親父さんだというの?」

「そうよ、わたしが日本史を教わった先生は、教師になったのも、歴史好きだったお父さんの影響が大きかった、と話していたわ」

妻は真顔になり、高校生のころの、恩師という人の名字を口にした。妻は、県北の内陸部にある高校を出ていた。震災後、隆一は妻から、かつての恩師が志津川の実家で被災し、のちに、隣接の登米市に避難していることを聞いていた。

真剣な妻の表情にうながされて、隆一はつい頁を繰り、奥付にある略歴の欄を確かめてみたほどである。が、表紙にある著者名は実名であり、その名字は、妻が挙げたものとはちがっていた。つまり、『懐旧の旭ヶ浦』の著者は、妻が世話になった恩師なる人の父親とは、別人であることがすぐにわかった。

ただ、著者の名字は、南三陸一帯にみられる旧家のそれの一つであり、いずれそれらの系譜とつながっているのでは、と想像された。また、くわしい経歴はしるされていないものの、記述された内容からみて、著者は、町の教育行政にかかわった経験をもつ人であると思われた。

著書には、名勝としてしられた、松原海岸の景観について触れた一文があった。志津川湾の岸辺には、八幡川と水尻川との二つの河口のあいだに、かつて三百メートルを超す長さの砂浜がつづいていた。その背後の土地には、数百本ものマツの林がひろがっていたのである。

遠浅でおだやかな海と、白い砂浜。それに、広大な松林の佳景である。そのため、松原海岸は、夏場の海水浴の適地としてしられ、近郷はもとより、内陸部各地からの客で大いににぎわったのであった。中には、知人から噂を聞いて、遠く関東方面から避暑に訪れる人もいたのである。

隆一もこどものころ、よく泳ぎにいっていた。ときには、仲間たちと一緒に、近所の商店がひらいた出店の手伝いをしたこともある。その際、駄賃として、陳列していた商品をもらうことがあった。

「伸(の)しイカ」は、その一例だが、味醂(みりん)で味つけしたスルメを、うすく引きのばした加工食品である。けっこう甘みがあり、めったに菓子など口にすることのないこどもたちにとって、それを手にするのは、たいへんなご馳走にありつけたことになる。

『懐旧の旭ヶ浦』では、著者は、夏休みにひらかれた、臨海学校についても触れていた。当地では、「海浜聚落(かいひんしゅうらく)」の名でよばれたが、もともとは、小学校の校医をしていた町の開業医が、学童の健康増進をはかるために、私費を投じてはじめたものだという。大正七、八年のころからで、日中戦争がはじまるころまでつづいたのでは、としている。

しかし、太平洋戦争が終わったあとの、昭和二十年（一九四五）代。当時小学生だった隆一にも、おぼろげながらその記憶はのこっている。たぶん、戦後の食糧難もあり、こどもの栄養不足が懸念されたことで、行事の意義が見なおされ、再開されることになったのでは、と思われる。

著者の回想は、海浜聚落での日課におよんでいた。朝早くに、松原に集合したこどもたちは、水尻川の川水で、冷水摩擦や歯磨きをし、海岸の堤防のうえで、海をながめながら深呼吸をする。ついで、松林の中の四阿（あずまや）へともどり、歌を唄い、体操や遊戯をし、童話や昔話を聞いてときをすごすのである。また、書中には、行事のためにとくべつにつくられたという、海浜聚落の歌の歌詞が載っていた。

空は晴れたり海碧（あお）し
渺々遠く大洋を
仰ぎてなすや深呼吸
気もさわやかに心地よし

歌は四番までつづいている。著者の回想は、戦前での行事の様子をつたえたもので、隆一のころにも歌われていたのかは、すこしも覚えていない。が、その歌詞を目で追っているうちに、それまで曖昧であったものが、隆一の中で、すこしずつかたちをなしていく。

（あれは、やはり水尻川の川水であったのか）

数すくない思い出だが、隆一が覚えているのは、朝靄（もや）のたちこめる松林を通り抜けたこと。それと、つめたい真水で顔を洗い、口を漱（すす）いだりしたことである。ただ、その場所までは記憶にないのだが、書中には、はっきりと記載されていて、水尻川の川岸であることが確かめられた。

　水尻川は、全長八キロメートルほどの小河川である。町の西方、登米町（登米市）との境にある羽沢峠に発している。途中、保呂羽山を源とする、保呂毛川などと合わさり、志津川湾へと流れそそぐ。夏場の渇水期には、川床のほとんどが干上がり、いわゆる涸れ川の状態となる。

　しかし、かつて、川筋には、山地からの伏流水が、泉となって湧き出ていた。そのことにより、水尻川は、もとは「清水川」とよばれていた、との言い伝えものこされている。明治の初期には、清流を生かして、サケの孵化事業がはじめられていた。

　これらについては、隆一は、志津川の町を離れてから、郷土史料でしることになった。その「清水川」と、志津川の町名とのあいだにかかわりがあることは、こどものころに、すでに隆一の意識の中にあった。いや、それは、単にばくぜんとした意識というものではなく、

「志津川は、もとは清水川とよばれていた」

　という、具体的な物言いでであった。

　しかし、それがいつのころからなのか、いっこうに覚えがない。教室で、担任から習った記憶もなく、

（もしかして、海浜聚落のときにでも、耳にしたのかもしれない）

と、隆一は、『懐旧の旭ケ浦』を読みかけたまま、しばらくのあいだ、そのことに思いをめぐらしてみた。行事の日課には、講話の時間があり、町の歴史について話をされることもあった。が、いくら思い出そうとしても、直接、町名の謂われを聞いた記憶とつながるものはないのである。

（とすると、ほかに、べつの機会に、誰かから聞いたことになるのだが……）

と思ったとき、ふと、隆一の脳裏に、ときどき家に出入りすることのあった、行商人の栄三さんのことがうかんだ。

（そういえば、栄三さんには、昔から、水尻川でサケ漁がおこなわれていた、と聞かされたことがある。上流には、縄文時代の遺跡があることも教えられたから、その話の途中にでも出たのかもしれない）

と思いついた。

さらに、栄三さんについて、母からは、

「行商にいった先々で、その土地のことをしらべて歩き、本吉郡内ばかりか、となりの登米（とめ）地方のことにもくわしい人だ」

と聞いたことが思い出された。

3

それとおなじ日であったか、隆一は母から、保呂羽山につたわる伝承について話を聞いた。これも、やはり栄三さんに教えられたことだという。保呂羽山は、水尻川の上流にあり、整った三角形状をした山だが、これとはべつに、志津川湾の南の半島がわにも、同名のものが存在するというのである。

それぞれ、雄と雌とにわけてよばれ、山頂には、神社や祠(ほこら)が祀られている。これら二つには、ともに、

「お参りすると、こどもが丈夫に育つ」

という言い伝えがあり、とくに、半島の保呂羽山にある神祠(しんし)の縁日には、信仰の証(あかし)である、小さな鎌を携(たずさ)えた親子づれでにぎわうのだという。

そのあとで、母は隆一に、

「家にもあるのよ」

といって、神棚から、白い奉書紙(ほうしょがみ)に包まれた、小さな鎌をみせてくれた。鎌といっても、小刀(こがたな)ほどの小さなもので、こどもが「ひきつけ」を起こしたとき、それを布団のうえで振るい、発作のもとを刈り払う所作をするのだという。

隆一の下には、そのころ、まだ幼児であった末の妹がいた。そのぶじな成長を願って、

もとめたものだと思われる。ただ、母が保呂羽山に参拝して、じかに手に入れたものなのかは聞いていない。のちに、栄三さんの実家が、その保呂羽山の麓にちかい浜であることをしったから、母が、栄三さんか、あるいは彼の知人を介して、入手することになったのかもしれなかった。

この栄三さんという人は、本業は漁師だが、漁期の合間に、ノリやワカメなど、乾した海産物を商う行商人であった。販路は、志津川の町場だけではなく、山間(やまあい)の土地や、ときには、北上高地の峠をバスで越え、登米地方の内陸部にまで足をのばしていた。隆一の家には、春先や秋口、年の瀬など、季節の節目にすがたをみせた。大概、平日の放課後であったから、ひととおり町内をまわり、そのあとで、隆一の家の界隈(かいわい)にきたのだと思う。

栄三さんは、いつも背中に、大きな風呂敷に包んだ竹行李(こうり)を背負っていた。玄関で挨拶をすませると、すぐに行李をひらいて、中の荷を、板の間一杯にひろげてみせた。ノリやワカメ、ヒジキなどのほかに、節に合わせて、スルメや鰹節、塩鮭などをもってきた。

こどものころ、隆一の家族は、借家住まいをしていた。家主は、町でも指折りの大地主としてしられた人で、市街の五日町に、白い土塀をめぐらした邸宅を構えていた。借家は、邸宅の斜め向かいに、七、八軒が固まり合っている。

その中に、母とはおなじ年ごろで、話し友だちの主婦がいた。志津川湾の南にある、奇勝でしられた、神割崎付近の浜の人だという。むろん、この浜の奥には、半島がわの保呂羽山が聳え立っている。

つまり、母と親しかった主婦は、栄三さんとは、ごくちかい距離の浜に育った、同郷の人なのであった。その縁もあり、隆一の家にも立ち寄るようになったのである。家にくるときは、主婦と一緒のことがおおかった。

母がいうのには、栄三さんは、主婦の兄とは小学校の同級生で、幼なじみということであった。隆一が小学の三、四年生のころだから、母は三十代の半ばである。主婦は、母とは同年配であったから、幼なじみという栄三さんは、いずれ、三十代後半の年齢だったと思われる。

隆一の記憶の中にある、栄三さんは、色白で背が高く、太り肉(じし)の大柄な体格をしていた。その押し出しの立派さの一方で、目がほそく、声音(こわね)も丁寧で、おだやかな気質の人にみえた。太平洋戦争のときには、召集されて、中国大陸に出征した経歴をもっている。

しかし、戦地での体験に触れる話を聞いたことはなく、およそ、戦争とは似つかわしくない人のように思われた。ところが、これは、家族のあいだで共有されることになったことだが、のちに隆一は、栄三さんが、戦争によって人生を狂わされた一人である、とすることになる。

栄三さんは、漁業のかたわら、釣り宿を営む漁師の家にうまれた。彼は、その家の三男だが、おなじ集落に、結婚を言い交わした人がいたのである。浜の有力者の家の娘で、親もみとめた仲だという。が、娘の兄で、その家を継ぐはずであった一人息子が、やはり、出征中に、南太平洋の島で戦死してしまう。

そのため、結婚を約束した娘が、有力者の家を継ぐことになった。栄三さんにとって、不運だったのは、終戦時の混乱で、しばらく生死が不明だった時期があり、中国からの帰還が遅れてしまったことである。

家跡が絶えることを危惧した、有力者の家では、栄三さんとはべつの人を、婿養子として迎えることにしたのである。栄三さんが復員して、実家にもどったときには、かつて伴侶となることを約束した人は、すでに、他人の妻になっていたのであった。やむなく、栄三さんは、数年のちに、となりの浜の、やはり漁師の家に婿養子に入ったのである。

これら、栄三さんの境涯についてしったとき、こども心にも、隆一は、

「大人の世界には、不思議な巡り合わせというものがあるのだ」

という、そんな感懐に似た思いをもったのであった。後日のことになるが、栄三さんは、やがて大きな災厄に見舞われることになる。隆一が四年生だった秋。栄三さんは、行商に

いったさきで溺死するという、不慮の死を遂げたのである。

　その変事は、やはり、母が親しくしていた、近所の主婦がしらせてくれた。

「米谷（まいや）の、あさだぬき、というところらしいの」

　と、主婦は、登米地方の土地の名を挙げたあと、栄三さんが難に遭った状況について、母に語った。家族が遺体を引き取る際に、主婦の兄も同行していて、経緯をしったのである。夕方で、隆一もその場にいたことを覚えている。

　はるかな昔のことであり、もはやくわしい記憶はないが、おおよそつぎのようなものであった。その集落には、栄三さんがとくに懇意にしている家があった。一服した際に、たまたま、ちかくの沢でヤマベ（ヤマメ）がよく釣れていることを聞き、道具を借りて釣りに出たのである。

　立ち寄った家の主人は、それまでにも、栄三さんは付近の農家に、養蚕のことを聞いて回ったことがあり、興に乗っては、得意客の人と、沢や堤での釣りに付き合うこともあったので、とくべつのことにも思わなかったそうなのである。

　本職が漁師で、生地や婿養子に入ったさきでも川や沢での釣りも好んでいたという、栄三さんのこと。しかも、その日は、秋晴れの好天気であったから、

「天気に誘われて、つい足をむける気になったのかもしれない」

と、主婦はいった。だが、釣りに入った沢で、不覚にも足をすべらせ、淵へと落ちてしまったのであろう。その際、岸の岩場に頭を強打し、なかば意識を失った状態となり、そのまま溺死するにいたったようなのである。

栄三さんが事故死した、「あさだぬき」という土地は、かつての登米郡米谷町（登米市東和町）の一集落である。「朝田貫」と表記され、志津川からだと、バスで険しい峠道を登りつめ、水界トンネルをぬけて、米谷の町へとくだる途中に位置している。

後年、隆一は、何度か朝田貫を通ったことがある。ちいさな山村だが、峠を越えたあとに、最初に目にする集落で、日当たりのよい林を背景に、大ぶりな構えの屋敷がゆったりと点在していた。山深い土地ながら、田畑も拓かれ、その静かなたたずまいが視界にみえると、ほっと、心がやすらいだものであった。

『懐旧の旭ケ浦』を読むことにより、隆一は、故郷志津川への思いを新たにした。とりわけ、行商人の栄三さんのこと、彼の思い出とつながる水尻川、あるいは、その河口にある松原海岸の風景が、一入（ひとしお）懐かしく思い起こされた。それら、こどものころの記憶にのこる縁（ゆかり）の土地が、いま、どのような変容をみせているだろうか、隆一の胸中には、それを、

（ともかくも早く確かめてみたい）

という思いが湧いてきた。

4

正午すぎに、水尻橋の袂に着いた。むかい岸に渡ると丁字路があり、右折すれば、そのまま海岸へと出られるはずであった。が、道は、工事用の柵と標識とで遮断されている。やむなく、隆一は、車をつぎの丁字路まですすめ、ガソリンスタンドの角を曲がって、海辺の土地に入った。

（これが、あの松原海岸だというのか……）

信じがたいことであったが、隆一の眼前には、かつての松原地区とはまるで似つかわしくない光景がひろがっていた。昭和三十五年（一九六〇）五月。すでに五十年あまりの歳月が経っているが、志津川の町は、この年のチリ地震津波の際にも、甚大な被害を蒙っている。とりわけ、死者は四十一人をかぞえ、三陸地方で最も多くの犠牲者を出していた。

被災後の都市計画により、松原地区では、前面にひろがる海は埋め立てられることになった。ひろい松林も、大半が伐採され、それらの跡地は、陸上競技場や公共施設の用地に替えられた。そこには、体育館や公民館、簡易裁判所などが設けられ、岸ちかくには、四階建の町営アパートも建てられてあった。

ところが、いまや、建物といえば、催しごとの会場となっていた高野会館などが、わずかにのこるのみであった。隆一の視野にひろがるのは、遮るものとてない、一面荒涼としれていた。


た景色である。被災した跡地の更地化がすすめられ、そちこちに、土砂の山が積み上げられていた。

曇天の空の下。ブルドーザーやグレーダーの始動音がきこえ、時折、資材を積んだトラックが、砂塵を巻き上げながら往来するのがみえた。周囲には、放置されたままの瓦礫は、ほとんど目につかない。跡地の整理がすすんでいることもあり、こどものころばかりか、チリ地震津波以後のもので、隆一の中にあった松原海岸の記憶とつながる痕跡も、容易に見出せなかった。

(これでは、直接水尻川の河口にいくほかはないか)

と、隆一は思いなおし、ふたたび水尻橋の袂へともどった。

橋の袂に、ちょうど空き地があり、そこに車を止めた。車外に出ると、すぐ正面に防潮堤の水門施設がみえる。水門は、三つに仕切られ、青色をした扉は下りたままであった。遠目には、どこにも損壊の跡は見あたらない。

しかし、ちかづいてみると、対岸にある水門脇の堤防は、大きく抉り取られている。手前の水門のそばでも、頑丈な鉄柵が、飴細工にみるような複雑なかたちで折り曲げられていた。いずれも、津波の威力のほどを十分に窺わせるものであった。

隆一は、水門を通り抜けたところで、堤防の岸に寄ってみた。

（どこかに、清流の面影がのこっているのではないか）

一抹の期待ではあったが、ともかくも、水辺を確かめるほかにはない、と思ったのである。まだ、潮の満ちてくる気配はなく、河口の浅瀬には、シラサギやウミウが餌を漁っているのがみえた。

が、水底を覗くと、そこには、びっしりと暗緑色の海藻が生い茂っている。岸辺につづく河原の石も、厚く水苔で覆われていて、かつて海浜聚落の際に、洗顔をしたり口を漱いだりした記憶とは、容易につながらないのであった。

隆一は車にもどると、水尻川の岸沿いの道を、そのまま上流へと遡っていった。二百メートルほどもいっただろうか、前方の左手に、コンクリートの坂が水辺に下りているところがあった。川瀬には、やや傾斜がついていて、乏しいながら、水が流れ下っているのが見てとれた。

ふと、上手をみると、岸ちかくの瀬に、箱形をした、大きな鉄製の檻のような器物があるのが目に入った。一瞬、隆一には、それがなにに使われるものなのか判断がつかなかった。ただ、すぐあとに、一角に、黒い漁網の切れ端が掛かっていることに気づき、

（もしや、サケ漁に関係したものでは？）

との思いが頭をよぎった。

水際に降り立ち、岸辺に目をやると、水流は思いのほか澄んでいて、川底の小石が透き通ってみえた。上流での雪解けがすすんでいないのか、川の水嵩（かさ）はおおくない。けれども、浅瀬には、シラサギが降り立ち、水面すれすれに、セキレイがしきりに飛来する。それにくわえて、やや川幅を増し、ゆるやかな勾配をみせる瀬のかたちには、どこか清流の片鱗を窺わせるものがあった。

その直感ともいうべき、隆一の思いつきは、やがて事実として確かめられることになった。鉄製の器物があったところから、車で四、五十メートルほど遡ったさきに、二階建の建物があった。茶褐色をしたプレハブの小屋で、外観は真新しく、一目で、震災後に建てられたものであるとわかった。

一帯は、広い河原になっていた。右手前方には、川瀬を遮るようにして、コンクリート製の施設がひろがっている。低い、階段状のつくりで、方形にくぎられた区画のそれぞれに、縁際（ふちぎわ）すれすれにまで水が湛えられていた。折しも、施設の中ほどに、従業員とおぼしき人影があった。青いつなぎ服を着た男で、目敏（ざと）く隆一のすがたをみとめたのか、すぐそばちかくに寄ってきた。五十歳代の年配で、痩せ柄の落ち着いた物腰をしていた。

「ここは、なにをしているところなのですかね？」

と、隆一は聞いた。すると、男は、

「サケの稚魚を育てているのですよ」

と、間を置かずにこたえた。施設を一見すれば、魚の養殖にかかわる事業所であることは、説明をもとめるまでもないことであった。が、男は、隆一の問いかけをうるさがるでもなく、おだやかに応接をしてくれる。

「来る途中に、鉄でできた檻のようなものがあったのですが、やはり、サケ漁で使うのですか？」

「ああ、あれでしたら、サケを捕まえるときに、あの中に誘いこむものでしてね」

「というと、もうサケ漁は再開されているのですか？」

「震災の年こそ、さすがに漁はできなかったけれども、二年目の秋には、なんとか再開に漕ぎつけました。もっとも、多くのボランティアさんの手助けがあってですがね。この施設も、それはひどい被害で、水槽に溜まったヘドロを掻き出すのに、まずは往生しましたよ」

男の顔に、一瞬暗い翳が差した。労苦のかさなった、被災後の日々を思い起こしたに違いない。だが、男はそれをうち消しでもするかのように、表情を変え、隆一に向きなおっていった。

「学生さんが多かったですな。遠方だと、関西からの若い人もいましたよ。最近は、めっきりすくなくなったけれども、なんの報酬もなく、善意で応援してくれた人たちには、本当に頭が下がる思いでした。復興もままならない状態なので、とにかくいまは、現地に足を運んでもらえるだけでも、もうありがたい気持ちがするのですよ」

聞きながら、隆一はすこし気恥ずかしかった。従業員の男の目には、自分が、

(被災地の復興ぶりを気遣って、訪ねてきたとみえているのではないか)

どこかで、

(善意で奉仕作業に精を尽くした、ボランティアとならべてみられているのでは)

と思われたのである。

たしかに、隆一の志津川訪問には、根底に、故郷をおもんぱかる心情があった。が、直接の動機といえば、個人的な感懐に根差したものにほかならない。それは、幼少の日々を懐かしむ、懐旧の念につらなるものといえた。

が、しかし、痕跡の一部とはいえ、清流の在り処に行きあたり、その証でもある、サケ漁の現場を確かめることができたのである。そのうえ、男との会話の糸口も、すでにほぐれていた。ここは、相手に与えた印象はどうあれ、対話をつづけて、サケ漁の実際についてもうすこし話を聞くべきでは、と隆一は思った。

5

「ところで、サケ漁がはじまるのは、時期としては何月ごろになるのですか、秋口からですかね？」

「いや、もっとずれ込んで、十一月に入ってからですよ」

「それからここで採卵され、稚魚として育てられるわけですか。その稚魚が大きくなって放流されるまでには、どれぐらいの期間が掛かるのです？」

男はまっすぐに隆一をみたあと、いちど、背後の施設を振りかえった。おそらく、巡回中だったのに違いない。隆一との応接を、そのままつづけることに、すこしためらう様子にみえた。しかし、すぐに逡巡を振り払うように、あらためて隆一に視線をむけて、

「卵から孵化するのに一ヶ月、その殻が取れるのに一ヶ月。それと、稚魚になるのに一ヶ月で、おおよそ三ヶ月ほど掛かりますね。放流するのは、一区切りついてからなので、そう、三月の中旬ごろからですよ」

といった。そのあとで、男は右手の親指と、人差し指の指先との間を狭（せば）めて、

「二、三センチほどにもなりますかね」

といいながら、稚魚の大きさをしめした。

つづけて、放流されたサケが、三、四年後にもどってくることや、サケ漁の歴史につい

ても触れてくれた。男の説明により、隆一は、水尻川でのサケの保護事業が、百年以上もまえの明治の代から、すでに始められていることをしった。

これらの説明をするとき、男の語り口は、終始丁寧だった。ことばの端々に、気くばりが感じられ、隆一は、

（やはり、他所（よそ）からの訪問者にみられているということだな）

と思った。どこかで、志津川で幼少期をすごした縁者であり、単なる外来の訪問者ではないことをつげたかった。しかし、きっかけをつかめないうちに、やがて、三・一一の被災時のことに話がおよんだ。

「サケの習性では、三、四年後に、ここにもどってくることになるのだけれども、はたしてどれほどの数になるものやら、まったく見当がつかないのですよ。なにしろ、私どもが経験したことのない災害でしたからね」

いいながら、男はかるく溜息を吐（つ）いた。隆一と相対するかたちになった男の顔は、彫りがふかく、短く刈り上げた頭髪に、白いものが目立っていた。

「この辺りでは、波の高さはどうだったのですか？　町の中心部では、平均して十五、六メートルもあったそうですが」

隆一が問うと、

「あそこに電柱がみえるでしょう。あれは、震災後に立て替えられたものだが、そうね、あのてっぺんぐらいはあったでしょうかね」

と、男は施設の東がわにひろがる空き地を、指で差しながらいった。空き地といっても、そちこちに、建物の土台が散見され、かつての集落跡であることがわかった。

跡地には、コンクリート製の電柱が、何本も不自然に突き立っている。電柱は、施設のそばにもあったから、それと見くらべると、すくなくとも、高さは十メートルを超しているのでは、と思われた。

(これでは、平地にあった集落など、ひとたまりもなかっただろうに)

と、隆一には、あらためて、この地を襲った津波のすさまじさのほどが感じとれた。

本来だと、施設から東の方角には、広く家並みがつづいているはずであった。それは、志津川の中心街から、八幡町を経て、中瀬町へとつらなってきた町並みである。町並みのさきには、古刹でしられた大雄寺へと道がつづく。

ところが、いまや、隆一の目前には、人家は一軒もなく、ただ、一面に、萱原や草地の広漠とした荒地がひろがるばかりであった。

「ここからだと、大雄寺は遠いのですか?」

「いや、ちかいですよ、あそこに家がみえるでしょう。大雄寺は、ちょうどあの高台の陰になるからね」

とつぜん話題を変えたものだから、男はけげんな顔をした。が、すぐおだやかな表情にもどり、指で川上の方向をしめしながらいった。

男が指差した高台は、水尻川の上手に当たっていた。斜面に、真新しい一軒家がある。高台はそこから右手へとつづき、やがて、施設の東がわにある萱原や、建物の土台が散見される集落跡のちかくまでのびてくる

その高台が尽きる辺りに、そこだけ独立した高まりをみせる、ちいさな丘があった。木立に覆われているが、丘の手前から中央にかけては、木々の枝の下部が、一様に切り払われている。それは、津波の際に冠水したことにより、枯死するかして、枝打ちされたものと思われる。

が、そのために、木立に隠れていた丘の地形が透けてみえていた。小高く細長いつらなりと、奥に竹林をひかえた、その景観をみたとき、

（どこか見覚えのある丘だが……）

と隆一は思った。

（こどものころ、友だちとのぼったことのある土地ではないか？このちかくで、友だちといえばいったい誰だったろう。家の近所ではなく、中瀬町で親しかった友だちというのなら…）

と考えたとき、ふと、隆一の脳裏に、一人の幼友だちの顔が浮かんだ。

(そうだ、信吾だ。たしか、父親が木工所の職人をしていた、村上信吾の家がすぐちかくにあったはずだ)

と隆一は思った。ついで、その信吾とは、小学校の三、四年生のころ同級だったこと。また、信吾の家がカラタチの生垣で囲まれていて、そこに、カラスウリの蔓が這っていたことをおぼえている。

信吾には、そのカラスウリの実で、提灯をつくることを教えられた。小刀で、実の内部を刳りぬくとともに、殻には目鼻や口を刻み入れ、夜、中に蝋燭を点して遊ぶのである。ほかに、ちかくの丘へのぼり、薮に生えている蘭をさがしては、その実を採ることに熱中した。これは、仲間うちで蘭玉?鉄砲とよばれる、笹竹でつくった手製の鉄砲の弾にするのである。

遠い過去の日のことだが、妙に生々しく思い出された。五十年以上もの歳月がすぎているのに、幼友だちの体型や顔かたちまでが、おぼろげながらも、隆一の記憶によみがえってくる。信吾は、小づくりで華奢な体格をしていた。顔は青白く、ほそい目に、いつもなにかに怯えているような気配があった。

それは、たぶん、父親が障がいをもっていたことによるのかもしれない。成人して、隆一は、斜頸という身体的な障がいがあることをしった。これは、頭と首が左右どちらか一方のがわに傾き、それが固定されたままの状態になるとされる。

信吾の父は、この斜頸という症状をもつ障がい者であった。信吾には、そのことが引け目になっていたものと思われる。

6

「どうかしたのですか？」

ふいに男の声がした。気がつくと、目のまえに、心配そうに隆一を窺っている男の顔があった。信吾について思い出していた時間は、隆一には、ほんの一瞬のことのように思われた。が、それなりの間があったのだろう。この間、隆一は男との会話を中断し、不自然に黙り込んでいたことになる。

「この近所に、知り合いがいたことを思い出しましてね」

と、隆一はいった。

「私はまた、具合でも悪くしたのかと思いましたよ」

と、男は安堵したようにうなずく。

「知り合いといっても、こどものころだけで、その後はずっと会っていませんがね」

「というと、志津川出身の方なのですか？」

「うまれは、そうではないけれども、小学生のころまで、五日町に住んでいました」

「そうでしたか、志津川に縁のある人でしたか……」

いいながら、男はまっすぐに隆一に視線をむけた。隆一は気が軽くなって、心なしか、その目には、自分への親密感が湛えられているようにもみえた。信吾について問いかけをした。

「中瀬町に、村上さんという家はありませんか？　たしか親父さんが、ちかくの木工所で働いていましてね。私の知り合いというのは、その人の息子で信吾といいましたが」

と隆一が問うと、

「中瀬町の村上さん？……」

男は、首を横にふり、やや間を置いてからこたえた。

「ああ、それなら村上電設店のことですね」

「電設店というと、電気設備関係のですか？」

「そうですよ。お祖父さんが木工所の職人をしていて、村上というのなら、その家にまちがいないね」

と、男はやや語尾をつよくした。

男の話によれば、信吾の父親は、六十歳にもならないで、すでに他界していた。電気設備業を立ち上げたのは、信吾で、店舗は、自宅とはべつに、ＪＲの志津川駅前に設けたという。ただ、震災まえには、仕事は息子夫婦にまかせて、自分は相談役へとしりぞき、ふだんは、妻と母親との三人で、中瀬町の自宅でくらしていた、というのであった。

（あの気弱な信吾が、電気設備店の経営者になっていたのか……）

　と、隆一は意外に思った。

「結構、手広くやっていたようですよ。仕事も順調で、うまくいっていたのですがね」

「というと、こんどの震災では、やはり、被害に遭っているのですか？」

　視界にひろがる状況からして、聞くまでもないことであった。が、ほかにことばも思いつかず、隆一は男に視線をむけた。すると、男は、

「被害も、家や家財だけならまだしもだが…」

　といいかけて、ことばをきった。そのまま、しばらく沈黙をつづけていたが、やがて、声を低くして呟くようにいった。

「村上さんは、自宅にもどる途中で、津波に遭ったようなのですよ。遺体はみつからないけれども、去年の暮れに、息子さんが葬儀を済ませています。なにせ、あの日から、二年ちかくも経ってますからね」

　聞きながら、隆一の中に、震災直後に報道された、南三陸町での行方不明者のことがう

かんだ。その不明者数は、一時、町全体で一万人にも達するのでは、と危惧された。これは、当時所在が把握できていなかった町民のかずから推定されていて、誇大につたわった数字であった。のちに訂正されたが、いまでも、二百人以上もの人が、行き方しれずになっているという。

男の口から、はからずも、隆一は、信吾がこれら行方不明者の一人である、とすることとなった。ようやく思い出すことのできた、幼友だちである。それがとつぜん、震災の被害者としてあきらかになったのである。隆一は、おどろくほかはなかった。

ただ、衝撃をうけたことに違いはないのだが、どこかにもどかしさがのこった。それは、記憶がこどものころにかぎられていて、あまりに、信吾との距離がへだたっていたことによるのかもしれない。隆一は、もうすこし、信吾が被災した当時の、くわしい様子をしりたかった。また、同居していたという、信吾の母親や妻のことなど、家族の安否についても確かめたかった。

しかし、ふたたび、隆一が視線を向けなおしたとき、男の顔には、直前まで、気安く問いかけに応じてくれていた、おだやかな雰囲気は消えていた。そればかりか、どこか浮かない、不機嫌な表情さえ垣間みえるのである。

(これ以上引き止めるわけにもいかないかな)

と隆一は思った。

ふらりと立ち寄って、業務を中断させ、思うままに質問をしつづけたのである。そのうえ、隆一は、男の口から、信吾の不慮の災難をしることになった。通りすがりの、一訪問者にすぎないのに、である。それは、男からすれば、

(まったく見ず知らずの人間に、他人の不幸ごとを明かしたことになるのでは)

と思われた。

さらには、男の身内や、縁者の中に、震災による犠牲者が出ていないともかぎらないのである。いや、それは十分にあり得ることであった。隆一は、男の心の内を忖度するとともに、これらについて無頓着にすぎた自分に対し、心中に気が咎めるものがあった。

とはいえ、新たに信吾についてしる手立ては、すぐには思いつかない。ここは、せめて、信吾の息子夫婦の所在や、彼の知人を教えてもらうことだけはしよう。そうしなければ、

(収まりがつきそうにない)

と隆一は思った。

臆する気持ちはあったが、改めて隆一は男に問った。

「それで、いま信吾の息子さんはどこにいるのでしょうか？　ご存知でしたら、教えてもらえませんか。もし、ちかくにいないのでしたら、誰か、町内にいる信吾の知り合いでも

いいのですがね」

するると、男はすぐにはこたえず、口許をこわばらせ、鋭い目で隆一を見かえした。が、それもほんの一瞬にすぎない。男は、たちまち柔和な表情を取りもどし、

「息子さんは、奥さんと一緒に、登米市の南方にある仮設住宅に入っていますよ。ただ、ここからだと、だいぶ遠いですからね。知り合いなら、親戚の人が、さんさん商店街の蕎麦屋で働いているはずですよ」

といい、ついで、その蕎麦屋の屋号を口にした。隆一もかつて利用したことのある店の名である。男のことば遣いは、一層丁寧になっていた。表情には、あくまでも冷静さがたもたれ、その落ち着き払った物言いに、隆一は、圧迫感さえ覚えた。風貌からうける印象では、ずっと年下にみえたのだが、隆一は、なにか、自分の不躾さを窘められているようにも感じられた。

7

さんさん商店街は、国道三九八号線の道沿いにあった。そのまま西へむかうと、道は入谷地区をへて、内陸の登米市米谷へと通じている。商店街は、臨時に設けられたもので、三十戸ほどのプレハブの店が立ちならんでいた。菓子店や写真店に、鮮魚店・蒲鉾店など

の店舗がつづき、それらの中には、隆一のしっている店の名もいくつかあった。通りを一巡してから、隆一は商店街の中央にもどり、男から教えられた蕎麦屋へ入った。

入ってすぐ、隆一の目を惹いたものがある。奥の小部屋の壁に、大型でカラーの航空写真が掛けてあった。部屋は、さほど広くないのに、壁の写真は、不似合いなぐらいに大きいのである。色彩もあざやかで、ごく真新しいものにみえた。まもなく、店の人が注文を聞きにきたので、隆一は、

「奥の写真は、無事だったのですか？」

と問いを発しかけた。だが、すぐに、かつての蕎麦屋が、松原海岸でもずっと海際にあったことに気づき、瞬間ことばを呑み込んだ。震災まえには、店は松原海岸の南がわ入口付近にあった。そこは、国道四十五号線を戸倉折立方面から北上してきて、志津川の市街地へと入りかけた地点になる。水尻川の河口ともちかく、背後には、志津川湾の岸辺が控えている。言わずもがな、のことであった。

それでも、店の人は、隆一の視線のさきを目で追い、疑問を察したのか、

「震災のまえにも、あれと同じのを掛けていたのですがね。私の親父が気に入っていたものなので、新しく取り寄せたのですよ」

と、表情をくずしながらいった。隆一には、その口ぶりから、当人が店主であることが

わかった。また、やはり、店主の父親が危難に遭っていたのかもしれない、と推測された。

店主によると、もともと、その大判の写真は、知り合いの印刷会社に、特注でつくらせたものだという。市販された写真集が元になっていて、むろん、仙台にある版元の許諾を得たうえでのことであった。知り合いの印刷会社は、町の商工団地にあり、そこは高台になっていたため、被災をまぬがれ、写真の原版ものこされていたというのである。

「親父の気に入りだったかはべつにしても、けっこうお客さんが懐かしがるものですからね」

店主は、隆一の反応を窺うように、すこし首を傾げてみせた。

いつのまにか、店主は、隆一の席ちかくにきていた。肩幅が広く、がっしりとした体つきをしている。頭髪を短く刈り上げ、作務衣に似た仕事着に、白の前掛けをつけたすがたは、職人然として、様になっていた。

年齢は、四十代だろうか。面長で目が大きく、きりっとした顔立ちをしている。隆一は、その特徴に、先代の店主の面影がのこされているように感じた。被災まえの店は、町の入口にあったから、長時間車を走らせてきた隆一にとって、ほどよい休憩所となった。

一息つくとともに、店に置かれていた、地方紙の「城洋新聞」や「三陸新報」に目を通すのが、隆一の楽しみでもあった。それらを読むことで、志津川町内や南三陸一帯の動静をすることができるのである。新聞が見あたらないときには、店主に声を掛けて、催促をしたこともあった。

わずかとはいえ、触れ合いをもった店主のこと。安否を確かめたい気もしたのだが、やはり、口にすることが憚(はばか)られた。そのかわりに、隆一は壁に掛けられた、大判の航空写真について問った。

「撮影されたのは、何月ごろなのですか?」

店主は、壁の写真に目をやりながら、

「五月ですよ、新緑真っ盛りのね」

と、よどみなくこたえを返してきた。

「それにしても、松原海岸のグラウンドが、こんなにも広かったとはおどろきですよ」

一瞥しての感想である。写真の上方には、北上高地の山並みがひろがっていて、緑があざやかだった。また、下辺の志津川湾の海面は、落ちついた藍色に染まっている。それらの中で、陸上グラウンドの明るんだ土の色が、大きな楕円を描いて、くっきりと際立ってみえた。

みたとおりの印象をいったまでなのだが、店主は、

「志津川には、なんどかきているのですか?」

と聞く。隆一がもらしたことばに、以前にみた松原海岸の光景とくらべているのでは、

と感じとったのかもしれない。

「ええ、通りすがりにみるだけで、あまり気に留めていませんでしたよ。とにかく、こどものころとは、まるで様変わりしましたね」

と、隆一は、嘆息するようにいった。

すると、にわかに、店主の表情が変わった。顔には、やわらかな笑みが湛えられている。隆一には、そこに、同郷人に対する親しみが込められているように見て取れた。

つられて、隆一は、

「こどものころといっても、昭和二十年代のことですよ。ずいぶん昔になりますがね」

とつけくわえた。つい、幼少時の記憶が思い出された。かつて、松原では、大相撲の夏巡業が催されることがあつた。当時は、横綱の千代の山関が全盛期のころで、ほかに、のちの関脇安念山などもくわわっていたかと思う。

あやうく、力士の名前まであげて、大相撲の夏巡業のことを口にするところであった。が、一見して、四十歳代にみえる店主に、昭和二十年代に活躍した力士の名をつけても、なんの感興ももたらすことがないのでは、と気がついた。両力士とも、店主がうまれるまえの、遠い過去の時代の人なのである。

(ここは、すでに、本題に入る頃合いかもしれない)

と隆一は思った。

「ところで、お店に、村上電設店の親戚の人がいませんか?」

隆一が問うと、店主は、

「村上電設店の親戚……」

と、隆一のことばを、途中まで繰りかえしたあとで、訝しげな表情をみせた。店に入ってからというもの、気さくに応対をしてくれた店主である。

(いらざる警戒心を与えることもない。単刀直入に切り出した方がよいのでは)

と、隆一はつづけた。

「じつは、サケの孵化場の人に聞いてきたのですが」

と前置きしてから用件をつたえた。村上電設店の主人が危難に遭い、いまだに、行方がわからないままである、としったこと。また、自分は、主人の信吾とは幼友だちであり、被災したときの様子や、家族の消息もしりたいと思ったことなどを説明した。

「こちらで、親戚の方が働いているそうなので、お会いして、話を聞かせてもらえたら、と思ったものですから」

震災後の時機を思えば、ふつうに、あり得る問いかけというべきであろう。ましてや、飲食店を営んでいる主人のことである。店主本人が、来客から直接聞かれることもあっただろうし、客同士の会話で耳にすることもあったにちがいない。

しかし、店主は、戸惑いの表情をうかべたまま、口を閉じ、しばし沈黙をつづけていた。

ややあって、ようやく小さな声で、

「ええ、うちにいますよ。ただ、いま町外に出ていて、留守なのですがね」

とこたえた。気のすすまない様子にみえたが、

「できれば、じかに会いたいのですが」

と隆一は重ねていった。再度の請いに、店主は、

「それでしたら、連絡をとってみますので、ちょっと待っていてください」

と言い置いて、調理場へともどった。カウンターの奥から、なにやら携帯電話でやりとりする声が聞こえ、まもなく店主は、ふたたび隆一のまえに立った。

店主によれば、信吾の親戚の店員は、登米市迫（はさま）町の商店街に出掛けていたのである。食材の調達のためで、まだ用事は済んでいなくて、夕方まで掛かるという。

「せっかく訪ねてきたのに申し訳ない、といってました」

と店員からの詫びをつたえたあと、

「帰ってくるまで待ちますか？」

と店主は、隆一に問うようにいう。壁の時計の針は、三時を回っていない。夕方までは、

時間がありすぎるうえに、信吾の親戚という店員も、仮設住宅でくらす状況にあるかもしれなかった。それに、信吾の息子本人ではないのである。その人をわざわざ待ち受けて、親類の危難について語らせることになる。気の重いことではあった。

そんな隆一の顔色を読みとったのか、店主は、

「こういっては、出過ぎていますが、私でよければお話ししますよ」

と遠慮がちにいった。さらに、

「人様のことなので、あまり込み入ったことまではいえませんがね。ただ、私の親父と信吾さんとは、古くからの付き合いでした。その縁で、代替わりをしてからも、村上電設の世話になってきているのですよ。この店の電気系統は、信吾さんの息子にまかせたものなのです」

と言い足した。店主の話では、信吾の息子の名は信哉といい、店主とは、中学、高校時代をとおして、部活動の先輩後輩の間柄で、気心のしれた仲なのだという。

隆一には、言外に、遠来の訪問客に対する、店主の気遣いがにじみ出ているように感じられた。また、血縁にないとはいえ、苦難に遭った親しい知人を思いやる、こまやかな心情が込められているようにも思われた。隆一は、申し出をことわる気になれなかった。

8

さいわい、店内には、ほかに客もいなかった。食事をしてからになったが、隆一は、あらためて席にきた店主から、信吾と、その家族の消息を聞いた。まずは、信吾が電気設備の店を起こすにいたった、大まかな経緯についてである。信吾は、地元の志津川中学校から、隣接する登米郡（当時）内の高校へとすすんだ。

卒業後は、おなじ郡内佐沼にある、電気設備関係の店に就職する。その店で、十年間ほど技術を磨いたあと、故郷の志津川へともどり、独立し開業をする。以後、事業は軌道にのり、おおむね順調に推移してきたのであった。

ついで、信吾の遭難時についてである。このことに触れるとき、店主は、ときには口ごもり、ときには声を落として、辛そうな表情をみせた。店主は、三・一一の当日、信吾が難に遭う二時間ほどまえに、当人と、公立志津川病院内で顔を合わせていたのであった。

「あの日、信吾さんは、入院しているお袋さんの見舞いにきていました。風邪からきた肺炎で、症状は軽かったのですが、高齢なため、心配で早めに入院させたようなのです。もう、九十歳の半ばでしてね。私は当日のお昼ごろ、職員から出前を頼まれて病院にいったのですが、廊下で信吾さんと顔を合わせて、ちょっとのあいだ立ち話をしました。それから、ほんの数時間後ですからね、地震が起きたのは。まさか、そのあとの津波でゆくえがわからなくなるなんて、まったく思いもしませんでした。それに……」

といいかけて、店主は横むきになり、ことばをきった。横顔をみると、かたちの良い口許がゆがんでいる。なにやら思案ありげにしていたが、やや間を置いてから、ことばを継いだ。

「思い出すたびに、ほんとうに気の毒でならないのですよ。皮肉というのですかね。入院していたお袋さんは助かって、見舞いにきた信吾さんが、津波の犠牲になってしまったのですから。もっとも、遺体はみつからないままでしたが…」

「えっ、それでは、お母さんは無事だったのですか?」

隆一は、思わず店主の顔を見上げた。

「そうなんですよ。お袋さんは、避難が間に合って助かったのですよ」

と、店主は隆一を見かえしながらいった。そのときだけ、わずかに、表情がゆるんでみえた。

三・一一当日、公立志津川病院には、五階建の病棟のうち、四階の天井まで津波が押し寄せていた。隆一は、震災後の報道でしることになったが、七十人を超すおおくの患者や職員が犠牲となっている。このとき、信吾の母親は職員に抱えられて、五階の病室に避難することができたのであった。

「なんとも、痛ましいことでしたね」

と、ふたたび店主は口をひらいた。一転して、以前のこわばった表情にもどっている。

「本来なら、私ではなく、息子の信哉さんか、親類の人が話すべきことだと思います。ただ、身内の人にとっては、それこそ辛いことでしょうから、むしろ、私の口からつたえた方がいいのかもしれません」

と、店主は断わったうえで、信吾と彼の妻とを襲った災難について語った。

店主によると、当日、津波の予報が出てから、信吾は母親と一緒に、いちどはそのまま病院にとどまって、難を避けようとしたようなのである。これは、後日、病院の関係者から、店主がじかに知り得たことだという。ところが、信吾の妻は、そのころ、以前に患った腰椎の痛みが再発し、自宅で臥せっていたのであった。

自宅は、息子夫婦がいる店舗とも、それほど離れた距離にはない。そのため、最初は息子夫婦に、妻のことをまかせるつもりでいたらしい。しかし、息子との連絡が容易につかない。くわえて、津波の波高の第一報が、六メートル以上とつたえられたため、母親を病院にまかせて、自分は妻を避難させようと、自宅へ車でむかったのである。

たぶん、その途中で波に浚われたものと思われる。信吾の妻も、その日以後、すがたがみられず、消息不明となったから、津波の犠牲になったものと考えるほかはなかったのであった。ただ、自宅への途中で遭難したのか、あるいは、妻を同乗させて避難所へむかうあいだに、津波に遭遇したのかは、確かめようのないことだという。

いずれにしても、信吾の母親は、多数の被害者の出た病院で救われ、一方、安全に避難する余地の多かった信吾が、難に遭う結果となったのである。それも、助けようとした妻もろとも、いまだに行き方知れずのままになっているのである。

さらに、不幸は重なるもので、救助された信吾の母親は、三・一一のあと、一月も経たないうちに亡くなっていた。収容されていた、となりの登米市の病院においてである。むろん、震災時の後遺が、死期を早めたというほかにはないのであった。

「信哉さんは、それこそショックが大きくて、このまま立ち直れないのでは、と本気で心配しました」

と店主は、話を締めくくるように、声を低めて言った。信吾の息子は、三・一一の当日、昼過ぎに、登米市迫町へ、夫婦で買い物に出掛けていたのであった。震災は、留守にしていた最中のことである。そのため、両親の遭難や、ひいては祖母の死も、みずからが招いたものと、つよく自分を責めたという。

はじめ、隆一には、店主の話ぶりに、いささか違和感を覚えるところもあった。身内ではない者が、信吾や、その家族の遭難時の様子について、結構くわしく触れるからである。が、それらを聞くにつれて、なぜ、店主が話そうと心したのか推測できて、しだいに得心がいくようになった。

店主にしてみれば、自分の父親と信吾の父親とは、古くからの知り合いであった。また、信吾の息子とは、学生のころからの親しい仲であり、店では、信吾の親類を使用人として雇い、世話をしている。店主にとって、信吾一家に降りかかった災難は、けっして他人事には思われなかったのに違いない。

隆一には、信吾の家族を襲った災難は、

「なんとも、度を超した不幸ごとの重なり」

と思われた。店主は、それを身近で見聞きしたのである。しかも、信吾とは、震災当日、ほんの数時間まえにことばを交わしている。近しい人々のあいだでは、生前の信吾に会った、最後の証人になるのではないか。そのことを自覚しているがゆえに、信吾を訪ねてきた幼友だちの自分へむけて、彼の一家の危難をつげずにはいられなかったのかもしれない、と、隆一は店主の心情をおもんぱかった。

帰途、隆一は、いったん志津川の市街地へともどった。家へ帰るには、通らなければならない道筋になる。八幡橋の袂に立つと、東の方角にある荒島までが、一望の下に見渡せた。八幡川の川沿いには、右手に赤錆びた鉄骨をさらした、防災庁舎の建物跡がみとめられた。

正面には、上(かみ)の山から、小学校の校舎の建つ城場山(しろばやま)へかけての高台が、間近に迫ってみえた。高台の斜面のところどころに、わずかに人家がみられるものの、かつての町並みは一面荒漠とした更地と化していた。行き交う車はあるが、ほとんど人影は見かけない。

かつて五十年あまりもの昔、チリ地震津波が襲来したとき、やはり、隆一は八幡橋の袂に立った。まだ大学生のころだが、そのときは、八幡川の川筋や中心市街地でも、おおかたの町並みは原形をとどめていた。

が、こんどの震災は、はるかにそれを上回る被害をもたらした。南三陸町ぜんぶを合わせると、死者は、六百人を超し、行方不明者は、二百人余にもおよんでいる。五十年ほどの歳月を隔てて、ふたたび、津波の惨禍が繰りかえされたのである。

(この世は、なにが起きるかわからない、変転極まりない様をみせるものだな)

と隆一は思った。

そして、廃墟となった荒地の下か、志津川湾の海底のどこかに、遺骨となって埋もれているかもしれない、幼友だちの信吾のことを思いうかべた。順調に、人生の業を全うしたうえでの結末であった。悲惨としか、いいようのない災禍に見舞われたものである。

年少のころ、隆一は、こども心にも、

「大人の世界には、不思議な巡り合わせというものがあるのだ」

という、そんな感懐に似た思いを抱いたことがあった。そのことを思い出すきっかけとなったのは、志津川在住の著者による、『懐旧の旭ケ浦』を読んだことである。それにより、行商人の栄三さんの存在に行きあたり、そこから導き出されることになった記憶である。こんどの志津川行を思いつくに際しての、直接の動機のひとつにもなった。

いま、振りかえってみれば、「不思議な巡り合わせ」ということばには、どこか、不運や不幸といった、負の翳が伴っていたかもしれない、と隆一は思った。かつて、こどものころに抱いた思いを、

(この、おなじ故郷の地で、繰りかえして胸にすることになろうとは…)

隆一は茫然として、薄墨色の雲に覆われた、八幡川の川下の方角に視線をむけた。

津谷

1

津谷川の河口に架かる仮橋をわたり、川沿いに上手へとさかのぼった。途中で山道に入りこみ、ふたたび川岸にでたところで、こつぜんと視界がひらけてきた。目を上げると、隆一の前方に、どこか見おぼえのある山の姿があった。その整った丸みを帯びた山容に、隆一はすぐに、

(あれは御嶽山ではないのか)

と思いあたった。

御嶽山は、津谷の町の象徴の一つである。隆一がかよった中学校の背後に位置していて、町並みからは、ちょうど真正面に眺望できた。山頂ちかくには御岳(嶽)神社があり、中学校の校舎の裏手から、細い参道が社殿へとつづいている。参道には赤い鳥居が立ち、周囲の深いスギの木立の中に、くっきりと際立ってみえたものである。

(あれが御嶽山だとすれば、ここは、もう津谷の町ということか)

隆一は、おどろくと同時に、

(津谷の町がこんなにも海に近かったとは)

と、新しい発見をする思いだった。やはり、これでは津波の被害に遭うことも、それな

りに理由のあることなのだと、心の暗所で符合するものがあった。

津谷の町は、盆地の底にある。周囲には、北上高地の山並みや、ひくい丘陵が幾重にもつらなっている。町の東側には高台がつづき、太平洋との障壁をなしていた。隆一が海へいく機会は、それほど多くはなかったが、いくときは、いつもは高台の背後にまわり、谷沿いの小道をたどった。小道のさきは切り立った崖になっていて、その脇の岩場へと下り、岩ガキやツブ貝をとって遊んだ。

ほかには、東浜街道（国道四五号線）を南へ下り、小泉地区の赤崎海岸へいくこともあった。小泉地区は、津谷川の河口にあたり、一帯はひろい砂浜となっている。そこでは天然のハマグリがとれた。その要領は、草刈鎌の穂先を砂地に突き立て、腰をかがめたままの姿勢で、後ずさりしていくのである。

遊び仲間に教えられたことだが、途中でカチリと手ごたえのする箇所を掘ると、小石やアサリのときもあるが、たまにハマグリを掘りあてることがあった。丸みをもち、かつすべすべして光沢のある貝を手にしたときは、いいしれない愉悦感が身内から込み上げきたものである。

ただ、赤崎海岸は、徒歩でいくには遠すぎる距離にあった。隆一の中学生のころといえば、昭和二十年代後半のことである。当時、バスの便はすくなく　運賃もやすくはない。

バス賃を出して子供を海に遊びにいかせるなど、そんなゆとりのある家は、仲間内にはなかった。

いま振りかえれば、この赤崎海岸へいくには、津谷川を下る経路があったことになる。しかし、川沿いの道が整備されていなかったのか、遊び友達の誰ひとりとして、その案を口にすることはなかった。したがって、隆一にとって赤崎海岸で遊んだ機会は、ほんのわずかなものでしかない。

そのこともあってか、隆一の中に、記憶としてのこされているのは、津谷の町から海岸へ出るには、まずは、高台を越えなければならないということである。つまり、津谷の町の印象は、どこか海とは隔たりのある土地に位置しているというものであった。

ところが、平成二十三年三月十一日。小泉地区の赤崎海岸に襲来した大津波は、津谷川の河口から浸入し、四キロメートルほども上流にさかのぼって、盆地の奥深くにまで達したのである。震災後、新聞の報道で、隆一は津谷の町の明戸（あけど）地区が被災したことをしった。明戸地区は、東浜街道がつらぬく本通りではないが、宅地化がすすめられ、公共の施設や金融機関、ショッピングセンターなども立地している。いわば、津谷の町の内懐ともいうべき場所である。

とりわけ、被災後、地元紙によって大きく報道されたのは、本吉病院の苦境についてである。当時、常勤の医師は一人いたのだが、震災後の三月末に退職し、しばらく後任がきまらないまま推移した。そのため、院長でもあった常勤医師が不在のまま、看護師長が中心となって、入院患者の看護など、危急時への対応に当たらなければならなかったのである。

この本吉病院のことでは、隆一には、一つの思い出がある。そのころは民生病院とよばれていたが、隆一はそこで、右手首にできた粉瘤の切開手術をうけている。国語辞書によると、粉瘤はアテロームともいい、皮膚の上皮組織に、脂肪や脂肪酸、コレステロールなどがたまってできる腫瘤とされる。

いわば、脂肪の塊（かたまり）というべきものだが、隆一の場合、それは大きさが一センチは超していたと思うが、厚みのそれほどない小さなものであった。が、部位が右手首の関節辺であり、つねに目につく箇所なものだから、つい気になって、左手の親指と人差し指で触れたり揉んだりしてしまう。ちょうど耳たぶのような感触がし、繰りかえし触れていると、いくぶん膨らみを増し、熱さえ帯びてくる。

あるとき、その所作を母にみられ、腫瘤ができていることに気づかれたのである。母は、「パッタ打（ぶ）ちのしすぎかもしれないね。片端（かたわ）（身体の一部に障がいがある）にでもなったら大変だから」

といい、すぐに隆一を民生病院に連れていった。

パッタ打ちとは、いわゆるメンコ遊びのことである。南三陸町の志津川では、このメンコを「パッタ」とよんでいた。遊びかたは、プロ野球選手や大相撲の力士を描いた円形の厚紙の札を、手で地面に打ちつけて、相手方のものを裏がえしにしたり、陣地から外へ出したりすると勝ちになるのである。

小学生だったころ、隆一も一時パッタ打ちに熱中したのであった。この遊びで、相手方のパッタをうまく裏がえしするには、いかにタイミングよく風を送るかがコツとなる。そのためには、腕をつよく振らなければならないのだが、どうしても手首に負担が掛かってしまうのである。

母がいうのは、そのことを指していたのだが、パッタ打ちと粉瘤とのあいだに因果関係があるものなのか、そのとき医師からどんな説明をうけたか、隆一はすこしも覚えていない。それにしても、手首の小さな腫瘤ごときで「片端になる」もないとは思うのだが、それは、最初にもうけた男の子である自分に対する、母の気遣いをあらわすものと、後年、隆一は苦笑しつつ思いかえすことがあった。

その母は、三・一一の震災後、一年あまりのちに世を去った。九十歳を超えた高齢で、老衰によるものであった。ただ、隆一には、震災がなければ、まだまだ年を重ねることができたのでは、との思いがある。母は、とくべつ、内科や循環器系の持病を患っていたわけではないが、五年ほどのあいだに、三回手足を骨折し、三度目の右足大腿部の骨折が重傷であった。

そのため、術後のリハビリが必要となり、系列の福祉施設に入所していて、三・一一を迎えることになった。ちょくせつ津波の被害はなかったものの、その福祉施設は、地震による損壊がひどく、母はやはりおなじ系列で、となり町にある施設へ移された。地震によるショックと、慣れない環境での生活によるのか、そのころから、母には急速に衰えが目立った。

やがて、肺炎をおこしたのを機に、隆一は母を引き取り、ちかくの病院に入院させて最期を看取った。三・一一から一年以上も経ち、震災による関連死とまではいえないだろうが、隆一には、震災が母の死期を早める原因になっていることは、疑いようのないことだと思われてならないのであった。

右の手首といえば、衣服を着替えたり、顔を洗ったりするときなど、目に触れやすい部位ではある。いまでも、粉瘤を除去した手術痕は、小さな三日月形のケロイド状となってのこっている。津谷の民生病院が被災した報道に触れたとき、まっさきに、隆一の脳裏をよぎったのは、右手首の粉瘤の切開手術をした記憶のことである。隆一が、自分のからだにメスを入れられた最初の経験でもあり、とくべつ思い出にのこるできごとであった。

隆一が手術をうけたころ、その病院は民生病院の名でよばれていた。が、いまでは気仙沼市立本吉病院と改称されている。隆一が中学にかよっていたとき、津谷の町は、単独で本吉郡津谷町であった。しかし、のちに隣接する小泉村や大谷村とあわさり、郡名をとって本吉町と変わっている。さらには、六、七年まえ、北隣（どなり）の気仙沼市と合併し、その市域に含まれることとなった。現在の病院名は、この間の経緯をものがたるものでもある。

隆一が津谷の町に住んだのは、中学一、二年のころのわずか二年間にすぎない。県の職員であった父の転勤によるものであった。大学に入るまでに、隆一は父の転勤にともない、いくつかの土地に移り住んでいる。社会人となってから、友人との会話の中で、隆一は、

「私には、故郷がいくつもあるんだ」

と、自嘲ぎみに語ることがあった。

その中でも、津谷の町は、ことにも忘れがたい土地である。南三陸町の志津川にもいえることだが、隆一には、それは、年少のころの記憶に、心を惹くものが多くあったからでは、と思われるのであった。

三・一一の震災後、折をみて訪ねたいと思いつつも、志津川の方がさきになり、それより遠方にある津谷の町は、つい行きそびれるかたちになっていた。あと半年ほどで、四年を迎えるという夏の一日、しばらくぶりで、津谷の地を訪ねる機会を得たのである。

2

前方に、遠く御嶽山をみながら、津谷川に沿って車を走らせた。やがて、右手の小暗い林際に、細長い煙突のあるコンクリートの建物がみえてきた。ちかづくと、入口に、気仙沼市本吉斎場と標示があり、通りぬけると、ほどなく西郡(にしこおり)街道にでた。

西郡街道は、国道三四六号線の通称である。左折すると、津谷川に架かる花見橋をわたって、内陸の登米市方面へ、右にいけば津谷の町へと通じている。本吉病院をはじめ、津谷の町の被災状況をしるには、まずは右折して、町の中心部へと向かわなければならない。

ところが、西郡街道にでるとすぐに、隆一の視線は、道のむかい側にある自動車整備工場の施設をとらえた。ひろい敷地には、急ごしらえのものとしれるプレハブづくりの工場があり、棟つづきに二階建の住居が建てられている。その二階家は、重厚な瓦葺きで、外壁には渋い臙脂色の化粧がほどこされ、プレハブの工場のものとは、まるで不釣り合いな真新しい建物であった。

その対照的な二つの建物をまえにして、隆一は、

（やはり、ここにも津波はきていたのだ）

と直感した。つづけて、

（たしか、行方不明者の捜索があった幣掛（ぬさかけ）は、ここからそれほど遠くないのでは）

と気づいた。幣掛地区は、津谷の町の南方にあり、旧小泉村に属していた集落である。七月の末に、そこでは、震災による行方不明者の捜索がおこなわれていた。隆一の津谷訪問をうながす、直接のきっかけとなったものである。

テレビ報道によるものだが、隆一は、それによって、津谷川の流域では、いまだに行方のしれないままの人が十人いることをしった。当日は、気仙沼署の署員が出動し、付近の川底を六〇〇メートルにわたってしらべている。署員は胴長姿となり、熊手で川底を浚ったり、あるいは、ゴムボートの上から箱眼鏡で水中を覗きこんだりして捜索した。

結果として、手掛かりを得ることはなかったのだが、その報道をうけて、隆一は地形図をひろげ、津谷川の流路を目で追い、幣掛地区の位置を確かめてみたのであった。地形図では、幣掛は、西郡街道が津谷川を跨ぐ橋の下流に位置していた。

（もしかしたら、このちかくでも、難に遭った人がいるのかもしれない）

と隆一は思いついた。ここは、津谷の町にいくまえに、三・一一の津波襲来時のようす

を、事前に付近の人に聞いておくべきでは、と考えた。

工場の敷地までは、ゆるやかな傾斜がついていた。事務所に入って声を掛けると、中年の男が応対にでた。

「ちょっと、お聞きしたいのですが…」

声をひくく抑えながら、隆一は用件をいった。一月ほどまえ、津谷川で行方不明者の捜索がおこなわれたニュースを、テレビでみたこと。子供のころ、津谷の町に住んだことがあり、震災後の町の変わりようや、復興ぶりを確かめたくて訪ねてきたこと。ことばをえらびつつも、飾らずに思う通りをいった。最初は、不審げに視線をむけた男だが、いくぶんかやわらいだ表情に変わった。

「明戸地区が被災したそうですが、この辺りでは、津波の高さはどれぐらいあったのですか？」

「そう、二メートルは超していたでしょうね。逃げる途中で、一時、私も水に浸かったが、すでに、この首のあたりまであったからね」

男は、つと立ち上がり、右手で喉仏のあたりを示してみせた。事務机をあいだにしての、やや距離を置いた対面だが、男は目鼻立ちのつくりが大きく、精悍な風貌をしていた。胸は厚く、肩幅のひろいがっしりした体格で、しかも、かなりの長身であった。避難する際の一時ではあっても、その男が首のあたりまで水に浸かったのであれば、津波の水位が二メートルを超していたというのも、容易に納得がいくことであった。

「津波の予報は、工場の人達には伝わっていたのですかね？」

つづけて、隆一が問うと、男は、

「ラジオを掛けていたから、六メートルもの大津波がくるというニュースは、社長も同僚も、みんなしってましたね。ただ、ここは海からは遠いし、いままで津波がきたなんて聞いたこともないから、まず大丈夫だろうって、避難しようとは誰も思わなかったですよ」

社長とは、工場の経営者なのだろうが、男がいうのには、まさかここまで津波がくるとは考えずにいたところ、海水が目前に迫ってくるのをみて、社長や同僚を急き立て、慌てて避難をはじめたというのである。津波は、高波が一挙に押し寄せてくるのではなく、水面がふくらむように、しだいに高さを増してきたという。避難したさきは、JR気仙沼線の本吉駅方面で、そこは、西郡街道を東へとむかい、津谷の町の高台に位置していた。

避難した、当時の状況を説明するとき、男は最初、淡々とした物言いであった。隆一には、それは三・一一とのあいだに、三年半もの年月が介在していることによるものと、しぜんに得心がいった。が、思わぬ災厄が身におよんだときの、緊迫した当時の記憶がよみがえったのか、語るうちに、男の表情は、しだいに険しくなっていった。

その説明により、隆一は、津谷の町の被災の一端をしることができた。整備工場の周辺では、二軒の民家が流失し、四人が遭難死している。かつての民生病院のちかくでも、印刷工場が被災し、従業員二人が犠牲となっていた。これらは、隆一が津谷の町を訪ねてきて、はじめて知りえたことである。

そのほか、津谷川の流域では、支流の馬籠川でも、遭難者が出ているという。馬籠川は、津谷川にそそぐ小河川で、上手には、山田や馬籠の集落があった。このうち、馬籠は、津谷の町の西方五キロほどの山間にあり、津谷川の河口からだと、直線にして七、八キロもの距離がある。西郡街道に沿った一本道に、かつての宿場町の風情をのこす家並みがつづいていた。

「さすがに、馬籠まではいってませんよ。ずっと手前の、猪の鼻橋のところで止まったからね」

「猪の鼻橋というのは、馬籠にある橋ではないのですか?」

「いや、馬籠へいく途中の山田にあるのですよ。国道に架かる橋で、その辺りには、大量の材木や瓦礫が溜まって、ずいぶんと難儀させられましたな」

いちど席に座りかけた男だが、ふたたび立ち上がると、右手で窓際のパイプ椅子を指して、隆一にすすめた。猪の鼻という地名については、隆一にも、おぼろげながら記憶があった。ただ、その地名を冠した橋があることまでは、隆一の知識にないことである。土地の人でなければ、たぶん、しることのない橋の名と思われた。それを、なにげなく男は口にするのである。初対面の挨拶で、以前、津谷の町に住んでいたことをつげていたから、

（もう、この土地とは無関係な人間とは思っていないのだな）

と、隆一は男に親近感を覚えた。つい、すすめられるままに椅子に腰を下ろし、この際、馬籠川流域の被災状況についてもしりたいと思った。

「猪の鼻橋の辺りでも、津波の犠牲になった人はいるのですか？」

「ええ、いましたよ。あの辺りでは、小泉方面で流された人の遺体も、何人かみつかってるからね」

「それは、全部が小泉の人達ということですか？」

「いや、その中に、馬籠の人もいましてね、若い人で。これが、うちの工場で、タイヤ交換や車の修理のほかに、車検のお世話もしたことのある人でした。勤め先が気仙沼にあるので、寄りやすかったのでしょうね。うちのお得意さんでもあるので、亡くなったと聞いたときは、本当にショックでした」

言い終わると、男は顔を曇らせた。そのあとで、

「自宅まで車を預かりにいったり、届けにいったりもしてるので、まったくの他人事に思

えなくてね。いまでも、その人の名前をはっきりと覚えてるのですよ」

とつけ加えた。さらに、声音を落とし、いっそう表情を暗くして、

「佐藤さんという人でした。佐藤の名字は、どこの土地でも多いのでしょうが、馬籠にも多くて、ごくふつうにある名字なのです。ところが、名前の方は、これが、読むにも書くにもむずかしい、あまり見かけない漢字でしてね。私がいまでも、その人の名前を覚えてるのは、そのためですよ」

といった。

3

予感というのだろうか、男の口から、佐藤という名字を聞いたとき、

(もしかしたら、遭難した若い人というのは、津谷中学で担任だった先生と、縁のある人ではないのか?)

という思いが、一瞬、隆一の脳裏にうかんだ。中学一年のとき、その年一年だけであったが、隆一の担任は、やはり馬籠に家があり、名字もおなじ佐藤であった。名前は明熙(あきひろ)といったが、「明熙」の「熙」は、筆順が込み入った感じがして、親しみやすい字ではなかった。

隆一の知人の中で、この「熙」の字がつく名前は、ごくわずかな例しかない。高校の同級生に一人、一字で「熙(ひろし)」と書いた友人がいたが、中学の担任のほかでは、彼一人きりであった。これまで見聞きした、情報や本などから得た知識でもおなじであった。隆一にとって、「熙」の字は、人名としては稀(まれ)な使われかたをしている、という先入観があった。

男の口から、若い遭難者の名前が「あまり見かけない漢字である」と聞いたとき、隆一が中学の担任のことを思いついたのは、そのためである。

(一応、確かめてみるべきでは)

と思い、隆一が顔を上げると、正面に、けげんそうな面持ちで見つめかえす男の視線があった。被災した若者の名前について、いくつか思い巡らしているあいだに、結構、間が空いていたのかもしれない。問われるまえに、隆一はいった。

「ちょっと、知り合いの人を思い出したものですからね。じつは、私の知り合いも馬籠の人で、やはり名字は佐藤といいました。そして、名前の一字には、『ひろ』と読む漢字がついているのですよ。あまり見かけない字でしてね。それで、その若い人とのあいだに、なにかご縁があるのではないかと思ったのです」

するとは、隆一が話し終わらないうちに、男は、急に表情を崩していった。

「ひょっとしたら、その知り合いという人は、昔、津谷中にいたという、佐藤明熙先生のことではないですか？」

「えっ」

と、思わず隆一は、声を上げてしまった。予感していたとはいえ、いとも易々と、男の口から中学生のころの担任の名が出てきたのである。

「明熙先生をご存知なのですか？」

「ええ、うちの社長から、津谷中の生徒だったころ国語を教えられた先生だと、まえに聞いてるのですよ。じつは、遺体でみつかったお得意さんの親戚に、佐藤先生がいることがわかったのです」

「ちょっと待ってください」

と、隆一は、男のことばを遮り、念を押すようにいった。

「その人が、明熙先生のご親戚だということは、まちがいないのですね？」

「そうですよ。うちで、車を扱ったことのある人なので、社長も気に掛けてましてね、馬籠の知り合いの人からも、ずいぶん話を聞いたようですよ。亡くなったその人は、『としひろ』さんといいました。『としひろ』の『とし』は、利益の『利』で、『ひろ』の字の方は、先生と同じ難しい漢字でした。なんでも、佐藤先生の妹さんの子供ということだから、先生の甥っ子ということになりますね」

聞きながら、隆一は、暗澹とした気分に襲われた。三・一一の東日本大震災では、隆一の親類や知人の中に、不運にも、災厄に見舞われた人が何人かいた。南三陸町の志津川にあった、母の実家は、家ごと流失してしまっている。伯母は沖合に流され、遺体で発見されていた。

志津川小学校で、一緒だった幼馴染みの中には、家や家財を無くした友人だけではなく、いまも、行き方知れずになっている友人がいた。あと半年余りで、震災から、もう四年が経とうとしているところであった。それなのに、またここで、震災で亡くなった人の不幸を、じかに耳にすることになったのである。それも、隆一にとっては、津谷中学で担任であった恩師の、近親者ということなのである。

(なんとしたことか)

隆一の中に、声にならない思いが込み上げてきて、しばしのあいだ、言葉もなく、男の話に耳を傾けるほかはなかった。

男が語るには、明熙先生の甥は、気仙沼市内の会社に勤めていたが、登米市への出張の帰途、会社に引きかえす際に難に遭い、車ごと流されたというのである。遺体がみつかった猪の鼻橋の辺りから、西郡街道を直進し、津谷の町をすぎてもしばらくは高台の道がつづく。その後、海沿いの国道を北上し、直近の大沢海岸にでるまでには、四キロ以上もの距離がある。津波警報に気づいていたとしても、おそらくは、猪の鼻橋付近を走行していたときには、それほどの切迫感がなかったのでは、と隆一には想像がついた。

また、恩師の明熙先生については、昭和三十年代の半ばごろまでは、津谷中に勤務していたことがわかった。その間、他地区の中学校で講師をしていた人と結婚し、のちに、仙南地方に転勤していったが、その後の消息については、男は社長に聞かされていないので、不明ということであった。

隆一にとって、明熙先生は、津谷中学一年のとき、わずか一年間だけの担任であった。しかし、内陸の町の小学校から、中学に上がった隆一は、まわりに顔馴染みの友達は一人もなく、実質転校生というべき存在であった。というのは、隆一は小学五年生のとき、南三陸町志津川から、父の郷里にちかい内陸の町に移っていたのである。

これは、津谷の町に移るときと同様、父の転勤によるものであった。未知の土地にきて、そのうえ、近所にもクラスにも、しばらくは誰一人親しい友達のいない環境の中にあった。往時のことを回顧するとき、隆一には、明熙先生の真意はべつとしても、

（なにかと、こまやかな心配りをうけていたのでは）

と、思いかえされるのである。

小学校への入学から、高校を卒業するまで、隆一の担任となった教師は、十人ほどいる。その中でも、明熙先生は隆一にとって、とくに記憶にのこる教師であった。ほんの偶然とはいえ、男の口から、明熙先生の甥の訃報を耳にして、隆一は、かつての恩師の消息につながる手掛かりを、すこしでも得たいものと思った。

4

学園橋の袂に着いたとき、車内のデジタル時計は十一時をすぎていた。自動車整備工場で、明熙先生の消息の一端に触れた際、隆一は、できれば工場の社長と会いたいと思った。従業員の男によると、その社長は、馬籠の知人を介して、明熙先生の甥についていくつか情報を得ているということである。それならば、じかに会って話を聞くことで、明熙先生の消息について、もうすこし詳しいことがわかるかもしれない、と隆一は考えた。

が、肝心の社長は、気仙沼に出張していて、夕方まで帰る予定にないという。やむなく、隆一は心のこりのまま、工場を辞去したのだが、男は別れ際に、明熙先生の甥の遺体がみつかった、猪の鼻橋付近に、社長の海釣りの仲間がいることを教えてくれた。その人は菅原といい、表具店の経営者であった。社長とは、ずいぶん懇意にしている仲だから、

「明熙先生のことなら、私よりずっとくわしいはずですよ」

といった。

隆一は、その助言をうけて、最初は、津谷の町とは反対方向にある、猪の鼻の集落へむかおうとした。しかし、途中で、

（その前に、津谷中の校舎に寄った方がよいのでは）

と思った。というのは、中学一年のとき、担任として世話になった明熙先生とのことをふくめ、津谷中学での記憶には、切れ切れなものがあり、恩師の消息を尋ねるにしても、あらためてそれらを確かめ、整理してからにしたいと考えたのである。

津谷の町には、成人してからも、気仙沼への往来の途次、何度か立ち寄ってはいる。ただ、それは津谷の市街地の中だけにかぎられていて、中学校の校舎ちかくまできたのは、一度もなかったのである。隆一が車を止めた学園橋についても、その橋の名が、橋柱のプレートに記されているように、「学園橋」と称されるものとは、まるで覚えがないのであった。校舎へとむかう坂の上り口に、木製の橋があったことは、かすかに記憶にはあるのだが、当時からすでにそう呼ばれていたのか、あるいは、隆一が津谷の町を去ったのちに付けられたものなのか、まったく記憶していないのであった。

津谷中の校舎への坂は、途中で二手にわかれている。右は、かつての津谷農林高校（現

本吉響高校）へ。左が中学校の校舎への道である。どちらも、道幅がひろげられ、整備がいきとどいていた。雨が降ると泥濘（ぬかるみ）がひどかった当時とは、見ちがえるばかりの舗装路に変わっている。

坂を上る途中、隆一はいったん車を止め、車外に出てみた。夏の終わりにちかい時期とはいえ、晴れ上がった空の下、正午まえの陽光は、まばゆいばかりであった。坂下の正面には、清々とした稲田がみえ、その背後のゆるやかな斜面に、津谷の町並みがひろがっているのが一望できた。

自動車整備工場の従業員によると、三・一一の震災の際には、盆地の奥の土地では、幹道の高さすれすれにまで、津波が押し寄せたという。が、隆一の視野にある、盆地の中央部には、一面の稲田の中に、ところどころ民家が点在するほかには、被災の跡を窺わせるものは見受けられないのである。物音一つしない、静穏な盆地の底のたたずまいに、ふと隆一は、

（ほんとうに、津谷の町裏にまで津波がきたのだろうか？）

と、そんな疑念を起こしかけた。

が、すぐに、整備工場の従業員が話してくれた、被災時の体験談のことが思いかえされた。それは、生々しい真実味に裏打ちされたものである。さらには、岸沿いに上流へとさ

かのぼってくる途中、隆一は、津谷川に架かるＪＲ気仙沼線の鉄橋が、山際で断ち切られたまま、赤錆びた橋脚を陽に曝しているのを目にしていた。それらを考え合わせると、津谷の町なかにまで、津波が到達していたことは、もう疑いようのないことと、改めて思い直すよりほかになかった。

やがて、坂を上りつめたさきに、中学校の校舎がみえてきた。夏休み中で、ひろいグラウンドには人影がない。青い芝草の生えた校地の左手に、本校舎と体育館の建物が横ならびに配置されている。黒っぽい色合いをした屋根に、白いバルコニーの張り出しがついた三階建の校舎は、瀟洒(しょうしゃ)な外観をしていた。

隆一の記憶にある、津谷中の当時の校舎は、木造の二階建であった。体育館はなく、朝会などの全校集会は、一段下の校庭でおこなわれた。明熙先生との最初の出会いも、校庭である。いまでも覚えているのだが、明熙先生は、自分の担当クラスの生徒を整列させるとき、

「男性はこっち、女性はここだよ」

と手を挙げて、男女別に整列するよう指示をした。隆一にとって、小学校以来、集会時に、男女別に並ばされるのは慣れている。だが、担当する生徒に対して「男性」や「女性」といった呼びかたをする、明熙先生の声には、それまでに感じたことのない新鮮なひびき

があった。そこには、

「自分を子供扱いにはしない、小学生のころとは違う場にきたのだ」

という実感を与えるものであった。

いま思えば、その集会は、正式の入学式ではなく、事前の予備登校というものであったのかもしれない。明熙先生の指示で、整列をする際、一人の級友が隆一にむかい、

「おめぇ、間違ったんじゃねぇのか、どっからきた。ここは小学校じゃねぇ、中学校だぞ」

と詰(なじ)るように言った。町内には、小学校の分校がいくつかあった。その級友は、津谷の町場育ちで、本校の津谷小学校から入学した生徒だった。大人びた表情をしていて、体格もひときわ大きく目立っていた。その物言いは、小柄でひ弱だった隆一を、あきらかに侮蔑する口ぶりである。

そのとき、列の中ほどにいた明熙先生は、怯んだ表情を見せた隆一に気づいたのか、そばに寄ってくると、左手で級友の頭を上から押さえつけながら、

「意地悪しちゃ駄目だ。こんど言ったら、先生が承知しないからな」

と強い口調で叱りつけたのである。クラス内では、津谷小学校から入ってきた生徒がほとんどである。隆一を詰った級友は、その中でも仲間が多く、リーダー格の生徒であった。

明熙先生は、その級友が単に隆一のからだの劣弱さを誹(そし)っただけではなく、そこに、自分の

勢威を他に誇示しようとする意図があることを、敏感に感じとったのかもしれない。ともあれ、以後、隆一はその級友から、すこしの害意もむけられることがなかった。

明熙先生は、色白で細身の体躯をしていたが、きびきびとした動作の目立つ教師であった。表情もゆたかで、始業時と帰りのホームルームの時間には、よく冗談をいって生徒を笑わせたものである。その際、しばしば自分も声を上げて一緒に笑いこけるのだが、その顔には、生徒との年齢差を感じさせない若々しさがあった。放課後の部活動では、ソフト（軟式）テニス部の指導をしていた。時には、部員と対戦することもあり、その身のこなしは敏捷で、白いトレパンを穿いてプレーする姿は、はつらつとした躍動感に満ちていた。

年齢は二十代で、むろん独身であった。太平洋戦争後の、新制中学校発足時のことである。津谷中学校でも、さまざまな経歴をもつ教師がいたにちがいないが、当時の隆一には、個々の教師の履歴について、思いおよぶはずもなかった。教師の員数もすくなく、ほとんどの教師は、複数の教科を担当させられていた。

隆一が明熙先生に教えられたのは、国語である。が、担当教科の国語よりも、むしろ、授業中に余談として話してくれた、郷土史や日本史についての話題に興味を惹かれた。のちに、隆一が歴史や民俗学を学ぼうと志したのも、その端緒の一つは、明熙先生によって導かれたものといってよいのである。

入学当初の面談で、明煕先生は、隆一の家族構成についてふれたあと、急にくだけた口調になって、

「私が住んでる馬籠からだと、一つ峠を越すと、隆一のお父さんの実家がある土地に出られるんだよ」

といった。後年、隆一はその峠が、藩制期には、西郡街道の脇往還ともいうべき、山間の間道にあることをしった。その道は、やはり内陸の登米地方と、海沿いの土地とを結ぶものだが、西郡街道にくらべて近道ではあるものの、道幅もはるかに狭く、曲がりくねったけわしい山道がつづいている。

隆一の父の生地は、北上川の河畔にちかい、西郡街道沿いの山村にあった。明煕先生の住む馬籠との中間には、いくつもの集落があり、「一つ峠を越すと」すぐそのさきにある、といった位置関係にはない。おそらく、未知の環境で心細げにしていた隆一を、力づけようとした配慮によるものだろうが、隆一にとって、最初の登校時につづいて、担任である明煕先生の気遣いを、身近で感じることのできる機会となった。

その後、明煕先生は、自分の住む馬籠の地につたわる歴史について、授業やホームルームの時間の合間(あいま)に、さまざまな話をしてくれた。その中には、平泉藤原氏の家臣、佐藤元治(もとはる)にかかわる逸話がある。元治の子には、「源平合戦」の武勇談で名高い、継信(つぐ)と忠信の兄

弟がいて、いずれも源義経の忠臣として仕えたが、ともに悲劇的な最期を遂げたという。馬籠の信夫というところは、継信・忠信兄弟の母が、平泉藤原氏三代秀衡より与えられた土地で、晩年そこで余生を過ごしたと言い伝えられている。馬籠に佐藤の名字が多い理由の一つは、さかのぼれば、このことに由来するのだといわれる。津谷の町では、中学校の近所の常勝寺に、兄弟の母が夫や子を供養した史跡があり、海寄りの小泉方面にも、彼女に縁の寺が建てられているというのである。

また、馬籠は、金や砂鉄の産地として、あるいは、隠れキリシタンの里として、県内でもよくしられた歴史をもつ土地である、とも語った。これら、郷土の歴史についての話をするとき、隆一は、明熙先生が一段と熱っぽい語り口になるように感じとれた。

いまでも、隆一の記憶にのこる一場の光景がある。それは、馬籠に佐藤姓が多いことについて、明熙先生がその謂われを語った際のことであった。とつぜん、級友の一人が席を立ち、

「先生も佐藤一族なの？」

と問ったものである。一瞬、明熙先生は戸惑ったように間を置いたのち、

「うちは、そんな名家につながってはいないよ」

と、表情をやわらげて否定した。隆一には、そのとき頬を赤らめ、はにかんだような仕

草をみせた明熙先生が、ひどく好ましく感じられたのであった。

5

このように、明熙先生は、実質転校生であった隆一に、庇護の眼をむけ、また、歴史について興味を持つきっかけをつくってくれた教師であった。受け持たれた期間は短いが、隆一には、明熙先生は「恩師」ということばにふさわしい人、との思いがある。が、それなのに隆一は、みずからすすんで、担任との触れ合いをもとうとはしなかった。むしろ、思い出としてのこっているのは、明熙先生が示した配慮を無にしたときの記憶である。

一年生の秋、文化祭の行事でのことであった。当時の津谷中には、体育館がなく、会場は、いくつかの教室の仕切りを取り払って設定された。隆一のクラスでは、日本神話の「海幸彦・山幸彦」を題材とした劇をすることになった。むろん、発案や演出、配役の決定にいたるまで、すべて明熙先生の主導によるものである。劇中に登場する役柄には、海幸・山幸の兄弟をはじめ、豊玉姫や玉依（より）姫とその父母、ほかに塩土老翁（しおつちのおじ）や、その他大勢の魚達があった。

放課後、隆一も指名をうけ、教室に待機させられた。しかし、隆一は、明熙先生の再三のもとめにも、煮えきらない返事をするばかりで、容易に出演を受諾しようとはしなかった。生来、内気で、引っこみ思案の隆一にとって、劇中で演技するなど、まるで考えられないことであった。いや、役を演ずる以前に、大勢のまえに立つこと自体、それだけでも足の竦む思いがするのである。

結局、文化祭では、隆一は「海幸彦・山幸彦」の劇に出ることがなかった。明熙先生が、劇への出演をすすめたのは、クラス内で浮きぎみであった隆一に対する、担任としての気遣いからきたものと思われる。配役の一人に加え、練習の場に引き入れることによって、交友をうながそうとする考えがあったのかもしれない。が、結果として、隆一は、それには応えないままに終わったのである。いまでも、隆一の脳裏には、あたかも「打つ手なし」といった表情で苦笑いをする、明熙先生の困惑した顔が記憶にのこっている。


どれぐらいの時間が経っただろうか。気がつくと、校舎正面の昇降口辺りに、人影がみえた。生徒が五、六人と、教師一人の姿もある。校舎内は無人と思われたのだが、隆一がくる以前に、すでに生徒達は登校していたにちがいない。部活動の行事で出掛けるのか、やがて、一行は駐車場にあったワゴン車に乗りこみ、隆一の脇を通って坂道を下りていった。

隆一にとって津谷中学での生活は、さまざまな記憶ののこる二年間であった。できればもっとそば近くに寄り、校内を窺うことができないものかと思った。しかし、校庭にはフェンスが回され、簡単には校舎に近づけそうにない。隆一は諦めて車にもどり、坂道を下った。

その途中、ふと隆一は、坂の周辺に学校の畑があったことに思い当たった。津谷の町では、周辺は農林業が中心であった。戦後、いち早く酪農に取り組む農家もいて、県内の先進地の一つでもある。そのためか、津谷中には、学校林や圃場もあり、「技術家庭」の教科に農業実習が取り入れられていた。隆一はその授業で、農作業で使う鍬の扱いかたや、畑の畝作りの仕方について習った。

夏休みには、特別の出校日があり、その日には、家で草刈りをして、それを学校に提出するという宿題が課された。学校付属の圃場で、堆肥として供するためである。圃場は、登校路の坂道の途中にあり、教室の窓からもみえる場所にあった。

ところが、車を止めて周囲を見回しても、隆一の視界にはかつてあったはずの圃場が見当たらないのである。右手には、数軒の民家が建ち、左側は、水泳プールの敷地となっている。周辺がまるで様変わりしていて、かつて圃場があった場所を示す形跡は、容易にみつけることができなかった。

隆一が、そのまま坂を下りようとしたとき、プール後方の高台にある、県立高校の校舎が目に入った。いまは、本吉響高校と改められたが、かつての津谷農林高校である。学園橋の袂の交差点から、やはり坂道を上っていくと、そのさきに、本校舎のほか、実習棟や農場を備えたひろい校地があった。

その校地へとつづく、急な坂道を上りきると、左手にスギの木立が茂る谷を挟んで、津谷中学校の全景を望むことができた。ただ一度だけだが、隆一は一人で坂を上り、そこから、二年間過ごした津谷中の校庭と校舎を、遠く眺め見たことがあった。三年生に進級する直前の、三月末のことである。四月の新学期からは、隆一は父の四度目の転勤により、ふたたび内陸部の中学校に転校することが決まっていた。

にわかに、隆一の中に、一つの記憶がよみがえってきた。学校は春休みに入っていたが、離任する教師達を送る式があり、そのために登校しなければならない日であった。が、隆一は家を出たものの、登校はせずに、中学校への道から右に逸れて、高校の坂道へとむかった。

隆一の転校については、すでに、母が手続きをすませていた。また、級友には、終業式当日に、担任よりその旨の紹介もされている。その時点で、隆一には、

「津谷中は、もう自分のいくべきところではないのだ」

という思いがあった。ただ、登校はしなかったものの、学校の方角へと足がむいたのは、

離任式に欠席することへのうしろめたさが、隆一の胸中のどこかにあったためかもしれない。あるいは、二年間を過ごした津谷中への名残惜しさが、そうさせたのかもしれなかった。

いずれにしても、その春の一日、一人で高校の坂道を上ったときのことは、隆一にとって忘れがたいものとなった。隆一はいま、七十代半ばの年齢に達しようというところである。中学三年の春といえば、十四、五歳のころ。当時からは、六十年もの歳月が経つことになる。しかし、隆一にとって、その少年の日の記憶は、消し去ることのできないものとして、脳裏に深く刻みこまれることになった。

学園橋の袂まで下りたとき、隆一はすぐに馬籠方面へはむかわず、高校への坂をめざした。かつて、津谷中を眺め見た場所に、もう一度立ってみたかったのである。それは、単に、年若い日々への懐旧の念からだけではない。その日、隆一が胸に宿した思いは、のちの自分の進路を考えるうえで、欠くことのできない指針となるものであった。改めて、そのことについて、思いをおよぼしてみたかったのである。

学園橋の交差点から、左折して坂道をいくと、途中に、二つの公共施設があった。一つは、県の出先機関の事務所、もう一つは学校給食センターの建物である。隆一には、見覚えのないものである。そのさきは、急な勾配になっていて、まもなく前方の高台に、本吉響高校の校舎と、農場の実習棟がみえてきた。

隆一は、坂の途中で車を降り、津谷中学校の方角を目で追った。六十年もの昔、隆一が津谷中の校舎を眺め見たときは、その坂の斜面に生える杉林の中からである。そのときのスギの木は、それほど樹高もなく、木立の間隔も疎（まば）らだった。だが、いま隆一の目前には、スギのほか、ケヤキやサクラの大木の枝葉が生い茂り、じゅうぶんな視界がきかないのである。

隆一は、そのまま坂道を歩いて上り、津谷中の校舎がみえる場所までいった。そこは、ひろい駐車場になっていて、すぐ後方が、高校の野球グラウンドである。野球グラウンドのむこうには、谷をひとつ越えて、津谷中の校庭と校舎をめぐる光景が、何一つ遮るもののない炎天の下にひろがっていた。

陽光のつよさにちがいはあるものの、かつて隆一が津谷中の校舎を眺め見たときも、やはり、よく晴れ上がった日であった。隆一が杉林にきたときは、すでに離任式がはじまっていた。校庭には、演壇の右側に教師達が居並び、左手には、全校生徒がクラスごとに整列を終えていた。

その情景を目にしたとき、隆一は、一瞬、立ち眩みがしたような感覚をおぼえた。と同時に、胸の中ほど、鳩尾(みぞおち)の辺りに、変に「さわさわ」とした心許なさが芽生え、すこしずつからだ全体にひろがっていく。そのあとで、

「自分は、組（クラス）の皆とはちがうのだ」

という思いが脳裏をよぎった。それとともに、また、

「これからさき、自分はどうなるのだろう」

といった、将来に対する不安な気持ちが、胸中に湧いてきたのである。

いま、少年の日に抱いた心情について思うとき、隆一は、その根底にあったものは、同級生達のいる場から独りだけ欠け落ちていくことへの、孤立感と恐れの感情というものであっただろうと考える。

この二つの感情は、単に転校してのちの十代のころに限られるものではなく、成年に達し社会人となってからも、隆一にとっては、変わることのない示唆を含むものであった。そして、いつのころからか隆一は、これらの感情をもととしながらも、それを「負」としてのみ見ることはしなくなっていた。むしろ、それを一つの道しるべとしながら、この世に生きるに際して、自分なりの居場所を得、かつ確かなものにしたいとの思いをつよくしていったのである。

6

猪の鼻地区に着いたのは、午後一時半過ぎである。津谷の明戸地内の食堂で、昼食を取ってからであった。菅原表具店は、国道すじからやや逸れた旧道沿いに位置していた。店の看板には、こまかく業務内容が記されている。ブラインドや絨毯（じゅうたん）、カーテンなども扱っていて、表具のほかに、内装工事も請け負う店であることがわかった。

その店舗は、母屋とつづきになっていたが、建て増しされたものなのか、そこだけ一段高く盛り土された土台の上にあった。入口のガラス戸は開け放たれ、白い薄地のカーテン越しに、人のうごく気配がする。声をかけると、店の中から、半白の頭髪をした大柄な男が顔をだした。表具店の店主だった。年のころは五十歳代後半か、六十代の前半になるだろうか。確かな見当はつきかねたが、血色のよい、顔の色艶や皮膚の張りぐあいからみて、隆一よりは、すくなくとも一回り下の世代にみえた。

初対面でもあり、最初から明煕先生の甥について尋ねることに、ややためらいがあった。そこで、まずは、猪の鼻地区の被災状況について聞くことにした。

「三・一一の震災のとき、津波はこの辺りまできたそうですが、やはりそうだったのですかね？」

そっと、店主の反応を窺いながら、隆一はさりげなく問った。出しぬけの問い掛けなのに、店主は迷惑そうな表情もみせず、まっすぐに隆一に視線をむけていった。

「ええ、うちの母屋も十センチほど床上浸水しましてね。ただ、店もふくめて、家屋の被害はそれほどではなかったですよ。それより、表の国道沿いがひどくてね。ちょうど猪の鼻橋のところで、下流から運ばれてきた瓦礫や流木が、そこら一帯に溜まって、撤去が大変でした。中には、根っ子がついたままのマツの大木があってね。うちの下手の、食品スーパーの店には、そのマツの大木が、何本も突き刺さった状態になったのです。じつに、惨憺たるものでした」

「そのマツの木というのは、どこからきたものなのです？」

「なに、小泉の方からですよ」

「津谷川の下流にある、小泉からですか？」

「ええ、海岸の松林のものが、川を逆流して流れてきたんですよ」

店主は、こともなげにいい、言葉をきった。小泉の海岸といえば、赤崎海岸のことになるのだろうが、

「あの海岸のマツが、ここまで流れてきたというのか」

と、隆一は一瞬声を上げそうになった。信じがたくはあったが、隆一は店主のことばを事実として、そのまま受け止めるほかはなかった。地理的な位置関係からしても、じゅう

ぶんに有り得ることなのである。

表具店に立ち寄る際、隆一は周辺を見回したのだが、スーパーらしき建物は、どこにも見当たらなかった。被災後に、廃業に追いこまれたのにちがいない。何本ものマツの木が、店舗に突き刺さったというのだから、その被害の程度がどれほどのものなのか、また、経営に与えた打撃の大きさについても、隆一には、おおよその推測がついた。河口から四キロメートル以上も離れた、猪の鼻地区において、その余波が後を引いていたのである。

「すると、マツの大木や、大量の瓦礫が押し寄せてきたというのでは、この辺に住んでる人の中にも、ちょくせつ津波の被害に遭われた方がいたのでしょうね」

「いや、当日は私も家にいたのだが、この地区で犠牲になった人は、誰もいませんでしたよ。ただ……」

と言いかけて、ふと、店主は口を噤んだ。そのまま視線を泳がせ、なにやら思案していたが、急に声音を落とし、ことばを継いだ。

「ただ、この地区の人ではないのだが、その後の捜索で、遺体でみつかった人はいましたよ。それも九人でした。ほとんどが小泉の方から流されてきた人だが、中に一人だけ、私の知り合いもいましてね」

店主の話は、いつか彼の知人だという、遭難者について触れることになった。むろん、それは、津谷の自動車整備工場で聞いた、「馬籠の若い人」であるにちがいなかった。途中で店主の話の腰を折るかたちとなったが、

「じつは」

と隆一は切りだした。わずかでも、自分が尋ねようと意中にしていた対象について、さきに店主に口にされようとしたのである。間が悪かったが、ここは、率直に来意をつげるべきとき、と思った。

そこで、隆一は、自動車整備工場の従業員から、猪の鼻橋付近で発見された遭難者の中に、馬籠の佐藤利煕という人がいる、と聞いたことを話した。その人は、津谷中で自分の恩師だった、佐藤明煕先生の甥であること。その甥の遭難時の状況や人となり、また、明煕先生の消息についてもしりたいと思い、現地をたずねてきたことを打ち明けた。さらに、明煕先生の甥は、表具店の主人の知り合いということであり、その生き死にに係わることについて、初対面の自分が聞くのも遠慮で、つい口にだしかねていた、ともつけ加えた。

隆一のことばを聞くあいだ、瞬時だったが、店主の顔に不快な色が走った。口を閉ざし、険のある視線で、隆一を見つめかえした。が、世慣れた人というべきなのだろう。隆一が話し終えると、すぐにおだやか表情にもどった。隆一の話を、それなりに筋の通ったものと感じたためかもしれない。

それに加え、かつて、隆一が津谷中に在学していたという事実が影響していたのでは、と思われた。来意をつげる際、隆一は、自分が仙台近郊に住んでいる者であること。子供のころ、津谷中に二年間通学していたこと。あわせて、テレビや新聞の報道により、明戸地区の被災をしったことについても触れていたのである。

「そうでしたか、津谷の町にご縁のある方で。私や家内のほか、息子二人も、津谷中の卒業生ですよ。地元に一つきりの中学校なので、当たりまえのことですがね」

と店主は、いっそう表情をやわらげていった。そのあとで、

「店先で、立ち話でもなんですから」

と言い足して、隆一を店の中に入るよう招いた。

店に入ると、奥に、四人掛けの応接セットが据えられていた。窓際の長机には、店主の趣味なのか、陶器でできた濃紺色の植木鉢が、いくつも並べられてあった。どれもが観葉植物で、昼下がりのまばゆい光りに、葉の緑がみずみずしく映えている。

やがて店主は、時折、植木鉢に目をやりながら、明熙先生の甥について語り出した。

「うちの次男とは、二つちがいの年下です。津谷中では、途中までバレー部に入っていて、先輩、後輩の間柄でした。なにしろ、馬籠小学校から一緒なので、私も小さいころからしってましてね。それで、大人になってからも、私や家内は、ずっと、『利ちゃん』と呼んで

通してきたのですよ」

店主はまず、明熙先生の甥とは、子供のころからの顔馴染みである、といった。

「色白の、人懐こい子でした。津谷中へは、自転車で通学してたんですが、道で会うと、私よりさきに声を掛けてよこしましてね。その利ちゃんが、津波の被害に遭うなんて、まったく思いも寄らないことです。こんどの震災では、『人間、生きてると、どんな災難に見舞われるかわからないものだ』と、つくづく感じさせられました。ま、私のような、いい加減年を食った者なら、それも仕方ないんでしょうが、まだ三十にもならない若さで、とつぜん命を落とすことになったのだから、本当に気の毒でならないのです。それも、まだ嫁さんも貰わないうちでしてね」

店主は、すこし顔をうつむかせ、ひくく嘆息するようにいった。そのあとで、明熙先生の甥の略歴について、手短に触れた。

それによると、彼は、津谷中から登米郡内の高校へと進んでいる。その後は、仙台の私大を出て、気仙沼市内の電子部品会社に就職し、馬籠の自宅から通勤していたのであった。ただ、三・一一の震災が起きるまえ、一度、首都圏にある系列の工場へ出向させられていた。会社には、彼を将来の幹部社員として登用する考えがあり、経験を積ませるためのものであった。

が、一年も経たないで、彼は出向先から気仙沼の工場に戻ることになった。その理由については、

「どうも、職場の水が合わなかったようですな」

と店主はいった。詳しい事情まで聞けるはずもなかったが、隆一には、彼が中途にして地元に戻ることになった背景には、新しい任地での人間関係に、なにかしらの悩みがあったからでは、と察せられた。

店主はつづけて、

「あの家は、子供は三人だが、男の子は、利ちゃんだけでした。上は二人とも女で、それも、すぐ上の姉とはだいぶ年が離れてました。ようやく生まれた跡取りなものだから、それは大事にされて育ったようですよ」

とつけ加えた。

おぼろげながら、隆一の脳裏には、繊弱な一人の若者の姿がうかんだ。色が白く、育ちのよい、どこか気弱そうな雰囲気を湛えた青年の像である。

7

「うちの次男坊は、『あいつは、真面目すぎるところがあったから』というんですよ。あ

の日、出張先では、用件が早く済んで、地震が起きたときには、気仙沼にもどる途中だったのです。これは、あとでわかったことだが、会社の同僚にメールが入っていたのですよ。これから、気仙沼にむかうという連絡でした。利ちゃんの母親によると、馬籠の自宅にも連絡があったそうだから、おそらく、家族の無事を確認したあとで、会社にむかったのだと思いますよ」

店主の話では、明熙先生の甥の自宅は、馬籠の中でも、国道（西郡街道）から西へ逸れた大柴地区にあった。そこは、出張先の登米市と、気仙沼との途中に位置していたが、猪の鼻地区よりさらに内陸へ入りこんだ、奥まった土地であった。もしも、そのまま自宅に留まっていれば、津波に遭遇するなど、あり得るはずがなかったのである。

「律儀というのですかね。会社の用が済んでいたのだし、津波の予報が出ている中で、わざわざ気仙沼にむかうこともなかったと思うんですよ。気性のよいことが、逆に災いしたのかもしれませんね」

店主は、力のないことばで、囁（ささや）くようにいい、そのあとで、遺体がみつかった場所について語った。

「私や家族にとっては、利ちゃんが津波の被害に遭うなんて、まったく思いがけないことでしたが、その利ちゃんの遺体が、よりによって、この近くでみつかったのですからね。

ショックなんていうものではなかったですよ」

明熙先生の甥の遺体について、隆一は、整備工場の従業員から、その発見場所が「猪の鼻橋の辺り」である、と聞いていた。だが、店主の話は、より詳しいものであった。そこは、猪の鼻橋の下流で、馬籠川の川すじからは、やや離れた山際だという。車はちかくにはなく、遺体だけが一つ、小さな沢に入った林の中で、みつかったのであった。たぶん、津谷の町に着くまえに、花見橋と猪の鼻橋とのあいだで、津波に襲われたものと、推測された。

津谷の町をふくめて、本吉地方の山林には、杉林が多い。隆一の脳裏には、沢伝いのどこか杉林の下草の中に、息絶えて埋もれていた、不運な若者の姿が浮かんだ。誰に看取られることもない、突然の死であった。隆一の胸中に、あらためて、二十代の若さで逝った、恩師の甥の死を悼む思いが湧いてきた。

店主の説明は、丁寧でいきとどいていた。ことばの端々に、単に事実をつたえるだけではなく、故人となった、明熙先生の甥に対する心情が感じとれた。店主は話し終えると、額に指を当て、うつむいた姿勢のまま沈黙した。問いをつづけるには、少々気がひけたが、

（やはり、明熙先生のことを聞いておかなければ）

と隆一は思った。そこで、丁重に礼をいったあとで、

「できたら、明熙先生についても、ご存知のことがあれば、教えて貰いたいのですが」

と、ふたたび問った。すると、店主はハッとしたように顔を上げ、ソファーから背を起こして、

「そうでした、利ちゃんの伯父さんのことがありましたね」

と、急に思い出したようにいった。つづけて、

「利ちゃんの伯父さん、つまり明熙先生のことですが、私も家内も、先生には教えられてはいないのですよ。私等が津谷中に入ったときには、先生はもうほかの中学校へ移ったあとでした。馬籠からかよっていた、明熙先生のことは、先輩達からも聞いてました。しかし、結婚して仙南の方へいったとかで、その後のことは、よくわからないんですよ」

と、申し訳なさそうに言い添えた。隆一が頷きかえそうとしたとき、店主は意外なことを口にした。

「ただ、去年のことでしたが、私の家内が明熙先生の消息を耳にしましてね。なんでも、先生は、すでに亡くなってるということでしたよ。八十代の半ばを超えた高齢だったそうで」

「えっ、先生は亡くなられたのですか?」

「そうです。家内が聞いたときには、一周忌があったそうだから、亡くなってから、もう二年は経つんじゃないですかね」

あまりに、不意のしらせだった。隆一が、そのことばを受け止めかね、戸惑っていると、店主は念を押すように、

「私より、じかに、家内に話をさせた方がいいかもしれませんね。いま、ちょうど家にいるので」

といい、席を立とうとする気配をみせた。

やがて、店主は、彼の家内、つまり店主の妻を伴って、母屋から戻ってきた。さきに、店主が席に着き、ついで、店主の妻は、手にしていた麦茶を隆一にすすめたあと、店主とならんでその横に腰を掛けた。

とつぜんの訪問なのに、店主の妻は、襟元にレース飾りのついた白いブラウスを着て、小奇麗な身なりをしていた。彼女は、小振りな丸顔で、ふっくらとした頬をもつ、愛嬌のある顔立ちだった。すでに、隆一の来意をつげられていたのか、席に着くや、すぐに口をひらいた。

明煕先生の消息に触れるまえに、まず、先生の甥の母親について語った。店主の妻は、結婚する以前、津谷の町で化粧品店に勤めていて、顧客だった甥の母親とは、その当時か

らの顔馴染みだといった。また、甥の母親、つまり明熙先生の妹は、先生とはだいぶ年の離れた末娘で、佐藤家を継いだ長兄が病死したため、未婚だった彼女が、やむなく跡を継ぐことになったのであった。

明熙先生は、その妹を小さいころから可愛がり、妹も、それに応えるように、先生を慕っていたという。

(明熙先生の甥っ子である、「利熙」さんの「熙」の字は、先生の名前にあやかったものにちがいない)

そんな思いが、隆一の脳裏をよぎった。店主の妻から、明熙先生の妹の思いをしったとき、隆一には、それは十分あり得ることのように思われたのである。

8

さて、明熙先生についてだが、店主の妻が、その消息をきいたのは、中学時代の同級生で、おなじ津谷町内に住む商家の主婦であった。彼女は、去年、仙南地方の温泉地に一泊した際、同宿した客達から、明熙先生の消息をしったのである。その客達というのは、仙南地区でも名のしられた、伝統ある女子高校の卒業生で、かつてのソフトテニス部の部員一行だった。

店主の妻の友人は、気仙沼市内の高校で、やはり、自分もソフトテニス部で活動していたことでもあり、宿の玄関さきの標示をみて、声をかける気になったのであった。

「まさか、部の顧問の先生が明煕先生だったとは、まったく頭になかったんですって。ずっと、中学校の先生をしていたとばかり思っていて。それは、私も、うちの人も同じでしたが…」

と店主の妻は、いちど語尾を濁し、同意をもとめるように、上目づかいに店主の顔を見上げた。店主とその妻は、どちらも六十歳前後で、それほど、年齢差があるとは思われなかった。が、妻の声には張りがあり、若やいだ響きさえ感じられる。隆一には、一瞬、店主の顔に、気恥ずかしげな表情がうかんだようにみえた。

しかし、すぐに隆一にむきなおった妻は、店主の反応に気づくこともなく、ふたたびことばを継いだ。それによると、明煕先生は、仙南地方に移ってから、名字を変えていたのである。結婚した奥さんが、旧家の一人娘で、明煕先生は、その家に婿として迎えられたためであった。

同宿した客達の女子高校には、三十歳代に、同じ地区の中学校から転勤してきた、という。それ以後、他校にかわることはなく、定年で退職するまで、教科では国語、部活動ではソフトテニス部の顧問を担当し、勤務しつづけたのである。とりわけ、ソフトテニスの指導には熱心で、地区では名のとおった教師としてしられた存在であったともいう。

退職後は、公民館の生涯教室において、古典文学の講義をすることもあり、自宅では、敷地内に菜園をひらき、野菜づくりに精を出すなどして、悠々とした老後を送ったのであった。隆一の母校の高校でも、「生涯一教師」という名にふさわしい恩師が、何人かいる。直接名利とは繋がることのない、ただ、教職にあった者としてのみ、記憶にのこされている人達であった。

至極ありふれた、変哲のない教師像の典型、ともいうべき姿かもしれない。しかし、隆一にとって、年少のころに世話になり、つよく印象づけられた明熙先生ではあった。しかも、何十年ぶりかで、その消息に接することになったのである。隆一は、得難い、なによりのしらせと思った。

最後に、店主の妻は、その温泉宿での会合の趣旨について、簡潔に触れた。その会は、節目の年に、明熙先生を招き、定期的に企画されてきたものだという。温泉地に宿をとり、互いの動向を報じ、健在ぶりを確かめ合う場でもあった。宿での座の中心は、むろん、明熙先生にほかならない。ところが、その明熙先生が亡くなってしまったのである。

「ずいぶん、遠方の人もいたらしいの」

と、店主の妻はいった。明熙先生の死に際しては、卒業生は関東や名古屋方面にまで散らばっていて、葬儀に参列できなかった人も多かったという。そのため、一周忌に合わせて、墓参を兼ねた、偲ぶ会を開くことになったのであった。

「会自体も、その日で打ちきりになるとかで、皆とても残念がっていたわ、というのよ」

店主の妻は、くぎりをつけるように、友人から聞いたという、当夜の会合での雰囲気についても語った。

直接に、店主の妻が聞いたことではないにせよ、隆一には、すくなからず、その場のようすが想像された。また、明熙先生と、卒業生達との結びつきのつよさに思い至った。それとともに、恩師が辿った生涯が、一すじのたしかな軌跡をもって、隆一の胸に浮かんでくるのである。いっとき、からだの奥底に熱いものが芽生え、そのあとで、すがすがしい感覚が隆一の身を襲った。

表具店を辞去したとき、陽はまだ高かった。真夏の盛りである。帰路に就くには、早すぎる時間だった。隆一は車に戻ると、地形図をひろげ、馬籠の大柴地区の位置を確かめてみた。表具店の店主によると、大柴地区は、明熙先生の実家がある土地だという。隆一は、その大柴の地を訪ねようと思ったのである。

表具店で、明熙先生の逝去をしったとき、隆一を突きうごかすものがあった。それは、自分の来しかたを振り返ってみて、将来の方向を決めるに際し、欠くことのできない、きっかけや示唆となったものはなにか、という思いであつた。その答えとして、まず、隆一の胸裏にうかんだのは、中学三年を迎えようとする春、かつての津谷農林高校への坂での記憶である。

四月に、転校を控えていた隆一は、その坂から、津谷中の校庭を眺め見て、

「自分は、組の皆とは違うのだ」

という孤立感とともに、将来に対する不安な感情に駆られたのである。そのことが契機となり、のちに、それは、

「自分なりにすすむ道はないのか？」

という、自身の問いへと繋がっていくことになる。

ついで、将来の進路として、具体的な目当てとなったものは、明煕先生に示唆をうけた、歴史や民俗学について学ぶ道であった。隆一の心中には、自分が生きてきた過程を、わずか、一つ二つの事柄で一括り（ひとくく）にしてしまうことには、いささかの抵抗がないわけではない。が、久しぶりに津谷の町を訪ねてみて、中三の春の記憶と明煕先生とは、自分の来しかたとは、切り離すことのできない係わりをもっていたことに、改めて、気づかせられることになったのである。

とくに、明熙先生は、隆一が日本の歴史や民俗に対して興味をもつ、最初の糸口をつくってくれた人であった。隆一が文化財関連の施設に職を定め、まがりなりにもこの世に席を得て、生計を立てることができたのも、明熙先生の存在ぬきには考えられないのである。

その恩師の死に接したいま、対面し、謝意をつたえることなど、叶うはずはない。また、焼香し弔意を表わそうにも、自宅や墓地は、仙南の地にあり、すぐにはいけそうにもないのである。

（ここは、馬籠にいくしかないか）

と隆一は思った。

せめて、明熙先生の郷里をたずね、生家や周辺の山野の景を目にすれば、恩師との記憶を、より新たなものすることができるのではないか。隆一は、車外に出ると、これから向かおうとする馬籠大柴の方角を望み見た。前方、西郡街道の西に、ゆるやかに起伏する北上高地の山並みが、遠く奥へとつづいていた。

大谷海岸

1

曹洞宗の古刹清涼院の門前から、東浜街道を脇道にそれて、浜辺への坂を下った。坂の途中に、平磯古舘(ふんだて)跡と標示された史跡があり、そこをすぎると、右手の森陰からすぐ真下に、大谷前浜港の船溜まりがみえてきた。真正面には、あざやかな青海原がひろがり、水平線のはてまで一望の下に見渡せた。前浜は、外洋に正対する位置にある。しかし、隆一が訪ねた日は、快晴で風もないせいか、港の外は波静かで、そこに大津波が何波にもわたって押し寄せてきたとは、とうてい思いつかないほどのおだやかさだった。

東日本大震災から、五年の年月が経とうとしていた。宮城県の発表した「東日本大震災の概要と特徴」によると、震源域が東北地方から関東地方にかけての太平洋沖の幅約二百キロ、長さ約五百キロと広範囲にわたり、日本列島のほぼ全域で揺れを観測するほどの巨大な海溝型地震であったという。逆断層型の地震で、太平洋プレートと陸のプレートとの境界の広い範囲で破壊が起きたことにより発生したとされる。断層すべりの大きさは、宮城県沖で最大二十五メートル以上に達すると推定される。そのため、長さ二十キロ、波高が十メートルを超す巨大な波が発生し、大津波となって太平洋岸に襲来したのである。

南三陸一帯にも、十メートルはおろか、ところによっては、二十メートルを超す大波が押し寄せてきている。沿岸の港町や漁村は、その際の押し波と引き波の威力のまえに、只なすすべもなく蹂躙されるがままとなった。

が、一見すると、隆一の目には、その日の災禍をとどめる痕跡は、すこしも見あたらない。波止場へと下り立ち、あたりを見まわしても、やはりおなじであった。防波堤はもとより、堤防の裾にならぶテトラポットや船揚げ場などは、コンクリート材は真新しいもので、埠頭一帯の港湾施設の整備が、かなりの速度ですすめられていることがわかった。

(どこかにのこっているはずだが?)

あらためて、防波堤の方角に視線をやったとき、隆一の目は、一瞬釘づけとなった。前浜港の東端のさきには、細長い岬が外洋へむけて突き出ている。その岬はマツなどの樹木で覆われていたはずなのだが、なにやら白っぽい霞状のものが漂っているかのようである。注意してみると、霞状にみえたものは、枝や幹に灰白色の粉末を塗(まぶ)したような、木々の連なりなのであった。木といっても、青や緑の葉の茂りのないもので、

(いったいなんの木だろう?)

といぶかしくおもったとき、隆一の脳裏に、震災後、赤茶けた葉を曝していた杉林のすがたがうかんだ。それは、沿岸各所でみられたことで、スギの木が津波で海水を被ったために生じた、塩害によるものであった。

前浜港の東端の岬は、それほどの高さがない。十メートルを超す大波が押し寄せたなら、大半が水没したとしても不思議ではない。葉の茂りがないため、判然とはしなかったが、おそらく、海水に浸かったマツが立ち枯れるかしてみられる現象なのだろう。その木立は、まるで動物や人の白骨と見まがうような、無数の枝や幹が入りくみ、複雑な文様を描いて、岬の先端へとつづいている。

「津波の跡そのものではないか」

と、隆一はひくく呟き、みずからに頷くほかはなかった。

振りかえると、船揚げ場の背後にひろがる、ゆるやかな斜面の光景が視野に入った。本来、そこには、前浜の集落があるはずであった。三十戸ほどもあっただろうか。一方は、斜面の底に寄り集まり、ほかは幾筋かの坂道に沿って、斜面のそちこちに点在していたのである。

だが、かつて一塊（かたまり）となっていた集落は、基礎の土台が目につくのも一部で、ほとんどは雑草の茂るにまかせた荒地と化している。家屋なるものは、斜面の上部に、わずか数軒がとびとびに散在するだけで、隆一の記憶にある浜集落のすがたは、見る影もない変わりようだった。

漁村調査のため、大谷前浜を訪ねたのは、五十年以上も昔のことになる。隆一が大学四年の秋で、卒論のテーマの一つとしていた、沿岸漁村の成り立ちと、その変遷史を綴るためのものであった。当時は本吉町だったが、大谷地区（現気仙沼市）の海沿いには、いくつかの浜集落がならんでいた。おもなものを挙げれば、南の本吉町津谷から、北隣（どなり）の気仙沼市階上（はしかみ）にかけて、赤牛・前浜・日門（ひかど）・三島・大谷などという順になろうか。

このうち、前浜は、半農半漁の小さな村落である。平坦地にめぐまれないこの地では、水田はきわめてすくなく、傾斜地をひらいたわずかな畑地に、麦やジャガイモ・野菜などの自給作物を植えていた。漁業としては、小型船による沿岸での釣りや刺し網漁が中心となり、アイナメやメバルなどを漁獲する。これに、アワビ・ウニ・昆布などの磯物の採取がくわわるのである。

自給自足にちかい、半農半漁の生業は、南三陸一帯では、ふつうにみられる形態ではある。隆一は、前浜を、そうした典型例の一つとして位置づけ、調査のため現地に入ったのだった。その際、まず個人宅での聞き取りをもとに、一年間の仕事内容やその時期をしらべて、生業の実態を把握しようとこころみたのである。

2

前浜への再訪を思い立ったとき、隆一には、二つの目的があった。一つは、むろん三・

一二の被災時のようすや、その後の復旧ぶりをたしかめること。もう一つは、かつての調査行での記憶にかかわるものだった。それは、浜からつづく坂の途中で、一軒の民家を訪ねたときのことである。

玄関さきで声を発したが、応答がない。脇へとまわり、土間の入口から、再度家人をよんでみた。が、それでも返事はなく、出直そうと帰りかけたとき、不意に、隆一のまえに姿をあらわした人影があった。留守で、無人とばかりおもっていたのに、家の中に人がいたのである。ただ、家人といっても、ほんの四、五歳くらいの、幼い男の子なのだった。

五十年あまりもの、過去のことだが、隆一は、その子が小さめの丸い顔立ちで、皮膚は透きとおるような、綺麗な淡い肌色をしていたことを覚えている。なによりも、はっきりと記憶しているのは、男の子には、左の額から横顔にかけて、あきらかに、火傷の痕とおぼしき、ケロイド状の引き攣れが走っていたことである。くわえて、やはり火傷の後遺によるものなのだろう、頭はつるつるした頭皮が、むき出しの状態になっている。

そうした異様な顔貌の男の子が、部屋の奥から、台所の板の間に、ひょいと姿をあらわしたのである。咄嗟のことで、すぐにはことばも掛けかねて、隆一は無言のうちに男の子に向き合っていた。ややあって、

「お家の人は？」

と、問うと、男の子は黙ったままなにも答えず、横に小さく頭をふると、急に身をひるがえすように背をむけ、奥の部屋へと消えていった。時間にすると、ごくわずかなあいだで、しかも、男の子とはそれっきりで、二度と会うことはなかった。その家の、なにか秘められた部分に触れる気がして、再度訪ねることが躊躇されたのである。

このことは、前浜での調査行において、差し障りを生じるような、とくべつな重みをもつものではなかった。が、隆一の脳裏には、頭部から顔面へかけて、ひどい火傷を負った男の子のことは、その後も脳裏を去ることなく、奥深くに刻みこまれていった。それとともに、子供の日常には、いつなんどき、身を損ない、将来までを左右しかねない危機が、どこに潜んでいるかわからないものだと、つよく気づかせられることになった。

のちに、隆一は、柳田国男の著作に親しんだ時期がある。広くしられていることだが、岩手の人、佐々木喜善からの聞き書きによる『遠野物語』には、いわゆる「ザシキワラシ」の一話が語られている。この「ザシキワラシ」には、諸説があるようで、旧家の守護霊や、「間引き」(口減らしのために生児を殺すこと)により圧殺されて、家の中に埋葬された子供の霊では、とする見かたがある。

ほかに、子供を、神と人とを繋ぐものとする、民間信仰にその由来をもとめたり、また、村落共同体の暗部の象徴、とする説もしられている。これは、大谷前浜での体験を通じてのことだが、「ザシキワラシ」について、隆一には、自分なりに感じることがあった。それは、この言い伝えが長く生命をたもちつづけた背景には、怪我や火傷、あるいは、先天的な障がいをもった子供の存在も関係しているのでは、ということである。

人目を憚り、屋内にとどめがちにしていた子供の姿が、ときには、予期しない訪問者の目に直接ふれたり、その気配を感じ取られたりする機会があったかもしれない。そうしたことが、口伝てに噂となってひろまり、「ザシキワラシ」の伝承を裏づける、根拠の一つにもなりえたのでは、ということだ。

ともあれ、大谷前浜への再訪をきめたとき、隆一の脳裏には、かつての調査行で目にした、火傷を負った男の子のことがうかんだ。ついで、なんの災いによるのか、幼くして不幸な境遇に置かれることになった、その子の行く末が、一体どうなっていただろうか、との思いが胸中をよぎった。

しかし、その男の子の消息を尋ねようにも、また、被災時の状況をしろうにも、かつて浜辺の背後に、寄り添うように棟をならべていた人家は、まるで目前から消え去っているのであった。隆一の視界にあるのは、斜面のはるか上部に点在する、ほんの数軒の家影にすぎない。そのうえ、一見して、散在する家々へとつづく道筋も、さだかなものとはいえなかった。

それでも、隆一は、船揚げ場の後方に車をまわし、車外に出て、通過する車両を待った。通りすがりの車を呼び止め、地元の人であれば、せめて、被災時のようすだけでも聞きたいものとおもったのである。が、しばらく待っても、一向に車の往来する気配はない。船溜まりにも、作業する人のすがたはなく、視野の中でうごくものといえば、防波堤の沖合遠くへとすすむ、一隻の小型船の船影をみるばかりであった。やむなく、隆一は車に戻りつぎの予定地である、日門へとむかった。

3

道幅のせまい、曲がりくねった坂をのぼり下りして、日門港に着いたとき、車内のデジタル時計は、午後二時半をすぎていた。港内の施設は、前浜港と似て、順調に復旧がすすんでいるようにみえた。折しも、ひろい埠頭の中央では、二台のクレーン車が稼働し、漁網を吊り上げる作業をしているところだった。おそらく、修理か乾燥のためだろうが、かなり大型の網で、隆一には、それは定置網漁でつかわれる、垣網（魚の通路をさえぎる）に類するものでは、と想像された。

大谷日門は、南三陸のなかでも、定置網漁の盛んな土地としてしられていた。それも、「大謀網（だいぼう）」という、大がかりな漁法を特色とするものである。その手法といえば、岸から沖へむけて網（垣網）を張り出し、魚の通り道をさえぎって、袋状の網（身網）に追いこんで捕獲するのである。

漁期にもよるが、回遊するマグロやブリ・サバのほかに、ときには、マンボウなどの珍奇なものも水揚げされる。漁法にかぎらず、網を揚げる際に、大勢の作業員を要するため、仕事上の役割や分担にも、一種独特なものがあった。また、網揚げの時機を待つあいだ、寝食を共にする、番屋という施設がそなわっていることも珍しかった。

この「大謀網」のような、きぼの大きな定置網漁は、牡鹿半島以北の南三陸で、かつては数多くみられたという。だが、しだいに衰退へとむかい、隆一が調査に出向いたころには、気仙沼湾にうかぶ大島周辺など、ほんの数か所にとどまっていた。大谷日門は、のこされた貴重な適例地の一つであり、隆一が日門に着目した理由もそこにあった。

節分をすぎたとはいえ、二月に入ってまもない頃のこと。春にはまだ遠いはずなのに、日差しは暖かく、心地よいほどであった。隆一は、埠頭に降り立つと、まっさきに 港の中央に目をやった。船溜りには、二、三隻の小型漁船が舫い、前方に、丸みをおびた小さな島影がみえた。

隆一の大学在学中、一時、父は気仙沼にある県の出先機関に勤務したことがある。その間、両親と妹二人は、市内の山裾に、一軒家を借りて住んでいた。大学が長い休みに入ると、隆一は汽車とバスを乗り継ぎ、いくどとなく気仙沼の父母のもとへと帰った。日門港は、東浜街道に近接していたから、その帰省のたびにも、かならず通過する場所であった。

港の入口に、「日門海岸」としるしたバス停留所の標識が立ち、そのむこうに港の全景が眺望できた。船溜まりのちょうど真ん中辺には、突堤で陸と繋がれた小さな島がうかんでいる。そこには、神祠が祀られているとみえ、島を覆う木立を背に、赤い鳥居がひときわ目についたものである。

隆一にとって、日門といえば、まずは、赤い鳥居のある小島の地、という印象であった。それが、三・一一の大津波によって、どのような変わり様をみせているのか。埠頭のさきに出て、隆一の脳裏をかすめたのは、なによりもその小島のことであった。

前方、日門港の中央辺りに視線をむけると、見覚えのある島影は、たしかに隆一の目に映った。だが、街道筋からの眺めとはちがい、隆一が立つ埠頭のさきは、海面とさほど変わらない高さにあり、また距離もとおく、赤い鳥居を確認することはできなかった。

（やはり、流失してしまったか）

気落ちしながらも、なにか心のこりがして、隆一はべつの角度から見直そうと、岸壁沿いに歩いていった。

すると、途中で、犬を連れて散歩するひとに出会った。そのひとは近くの民家の主婦らしく、軽装で、グレーのズボンに臙脂色の上着を羽織っていた。四十代後半だろうか。顔肌の色艶や張りに、相応の衰えは隠せなかったが、色白でやや下膨れした顔立ちはかたち良く、若い頃の容色を偲ばせるものがあった。

彼女が連れていた犬は、小型のテリア犬みたいだった。白地に赤茶色の模様が入り、耳が垂れている。すれ違うとき、その犬は急にむきを変え、隆一に擦り寄るようにからだを近づけてきた。思わず頭を撫でていると、

「犬がお好きなんですか？」

と、飼い主に声を掛けられた。

「ええ、家でも飼ってるのですよ」

と応じると、

「やはり、そうでしたか。犬好きの人が分かるらしいですからね」

と彼女は、やや受け口ぎみの口許をひらき、わずかに白い歯を覗かせて、相槌をうった。

隆一の家では、コーギー犬を飼っている。子犬のころ、妻がペットショップからもとめたもので、まもなく一歳半になる。なかなか賢い犬で、餌をやる際に「待て」というと、合図があるまでずっと、頭もからだも制止させつづける。

しばらくそのままでいると、しまいには、顔をうごかさず、上目遣いになって、「よし」の声を催促するような表情をみせる。その視線は、まるで幼児の目のうごきにも似て、愛らしくてならなかった。また、尻尾は、生後まもなく切除したようで、ほとんどないに等しく、甘えるときの尻を振るしぐさには、微笑を誘うようなおかしみさえあった。

隆一のそばに寄ってきた、赤茶色のテリア犬も尻尾が短く、そのことも話題となった。しばらく飼い犬について話がつづき、それが途切れたところで、隆一は、気になっていた日門港内の小島について、問ってみた。

「たしか、あの島には、赤い鳥居が立っていたはずですが?」

隆一が、港の中央を指差すと、

「ああ、桜島のことですね」

と彼女は、一緒に、その方角に目をやりながらいった。そこで、隆一ははじめて、港内の島の名前をしることになった。

「あそこも、津波にやられてしまって、鳥居も祠(ほこら)も、みんな浚っていかれたんですよ。ただ、いまは建て直しされて、ほら、赤い鳥居がみえるでしょ」

と彼女はふたたび、島の方角を指でしめした。みると、岩肌を露出した島の左端に、一掴みほどの青い茂りがあり、その中に、かすかに赤い鳥居らしきものが垣間みえた。

震災からまもなく五年を迎え、再建が急がれたのかもしれない。その小島は、海上安全や大漁を祈願する場としてだけではなく、日門地区の住人のこころの拠りどころとして、大事に守護されてきたにちがいない。気がかりだった、小島の鳥居と祠がすでに再建されていることをしり、隆一は改めて、その小島の存在がもつ意味を悟らされることになった。

4

飼い犬のことを糸口に、つい、港内にうかぶ小島(桜島)のことにも話がおよんだが、この間、彼女には、隆一を余所者として警戒するけはいがなかった。飼い犬のことで、話が合ったことにもよるだろうが、外見上の隆一からうけた印象も、すくなからず影響していたのかもしれない。

隆一はいま七十代半ば。彼女が四十代とすれば、親子ほどもの年齢差になる。自覚していることだが、年ごとに、隆一の頭髪はうすくなり、小鬢も、めっきり白さが目立つようになっていた。そのことも、安心感を与えることにつながったのでは、と推測された。

隆一はなにか気安さをおぼえ、この際、かつての調査行で世話になった、大謀網の網主家の消息についても、ついでに尋ねてみようとおもった。そこで、彼女に、学生のころ、日門港の背後にある、網主の家を訪問し、当主からじかに大謀網の漁法についての説明をうけ、また、浜辺へ下りて番屋の見学をさせてもらったこともつげた。

するとと彼女は「えっ」と、吐息をもらすような小さな声を上げ、心底驚いたというふうに、隆一に視線をむけた。そのあとで、すこし恥じらうような表情をみせ、

「家の親戚なんですが」

と呟いた。

意外なことで、こんどは隆一がおどろく番だった。聞くと、彼女が嫁いできた家は、網主家とは親類筋にあたり、祖母の代からごくちかしい関係にあったという。

昔、隆一が世話になった網主家は、日門地区では名のとおった旧家であった。その家と親戚関係にあるとするなら、彼女が嫁いできた婚家も、さらには、彼女自身の実家もまた、旧家に類する家柄ではとおもわれた。

瞬間、隆一の脳裏に、ちら、と知人夫婦のことが浮かんだ。わずかだが、隆一の知り合いには、旧家同士の縁組みによってむすばれた例があった。どの夫婦も、容姿や人となりにおいて、それぞれ、秀でたものとゆかしさとを、共に兼ね備えていた。偶然、日門港で出会った彼女は、普段着で化粧っけのない素顔ながらも、その端整な面立ちと慎ましげな語り口に、どこか知人夫婦に似た雰囲気を感じさせるものがあった。

ところで、肝心の網主家のことだが、大津波が襲来した日、家宅は、東浜街道から西側

に寄った、いちだん高い場所にあったため、からくも流失を免れていた。ただ、網主夫妻は、震災のまえにすでに故人となり、後継の息子は、大謀網の権利を他に譲渡し、一家は仙台で暮らしているという。かつて、隆一が網主に案内をうけた番屋は、津波の直撃にさらされ、その残骸が、

「大谷小学校の方まで流されてしまって」

と、彼女は、港の北の方角に目をむけ、嘆息するようにいった。大谷小学校は、日門港から東浜街道へ出て、北へ一キロほどの距離にあった。海水浴場としてしられた、大谷海岸の後背地にあたり、日門港とはだいぶ離れた位置にあったから、

（そこまで漂着していったか）

と隆一は、今更ながらに、津波の威力の凄まじさを思い起こすことになった。以前、番屋が建っていたところには、なんの建物もなく、周辺一帯は、ただ白いコンクリートの空き地が坦々とひろがるばかりであった。

それからは、しぜんに、三・一一当日の被災状況について触れることになった。

「この辺では、波の高さはどれぐらいあったんですかね？」

と、隆一は、抑えぎみに、やや声を低くしていった。

「そうですね、あそこに電柱がみえますが、あの根元の所で、十メートルほどだそうです

から」

彼女は、飼い犬のリード紐をもつ手を替え、右手で、隆一が下りてきた坂道の方角を示した。電柱が立つ場所は、それより、やや岬の突端に寄った高台にあった。彼女によれば、当日、押し寄せた波で、一帯はなにもかもみえなくなってしまったという。そうとすると、日門港には、やはり、沿岸各所の浜と同様、十メートルを超す大波が襲来したにちがいなかった。

「大変でしたね…」

と言い掛けて、隆一は躊躇した。彼女の家が被災したようすも、できれば聞きたかったのだか、さすがに、気が咎めたのである。日門港一帯が、まるでみえなくなるほどとすれば、彼女の家が大きな被害を蒙っていることは、容易に想像できることであった。

が、隆一の意中を察したのか、

「私の家は、あの高台のずっと上にあるので、被害はほとんどなかったんですよ。ただ、大津波がくるというので、主人や両親も、ちょうど家にいたものですから、皆で、国道(東浜街道)の方まで避難していきました」

と彼女は、落ち着いた口調でいった。なにやら、ほっとした気分になって、

「それでは、子供さんとか、ほかの家族の皆さんも、ご無事だったんですね」

と隆一はいった。すると彼女は、

「ええ、家には、息子と娘がいるんですが、二人ともとっくに地元を離れているので、幸い、なんの災難にも遭わずに済みました」

と応じたあとで、一瞬、表情を曇らせ沈黙した。浜辺で声を交わしてから、いちどもみせたことのない、暗い顔だった。彼女の表情の急変が、なにによるのか、隆一は、すぐにはきづかなかった。

だが、その後の会話のなかで、隆一は、彼女の家の隣家が、震災により、大きな災難に見舞われていることをしった。五人家族のその隣家は、電柱が立つ、高台のすぐ下にあったという。ところが、大津波によって、家屋は流失。老夫婦と孫は助かったものの、後継の長男夫婦は、気仙沼市街へ車で買い物に出掛けたまま遭難し、いまもって遺体はみつかっていないのであった。

現在、老夫婦は、仮設住宅に住み、孫は上京して職に就いて、首都圏で一人暮らしをしていた。かつて、家族五人で、日々の営みをつづけていた隣家だが、いま、その家屋は跡形もなく、一家は離散そのものとなった。隆一が、

「家族の皆さんも、ご無事だったんですね」

と、問ったとき、彼女は、

「なんの災難にも遭わずに済みました」
と応えたものだが、そのとき、おそらく、隣家が遭遇した災禍のことが、瞬時、胸中をかすめたのではないか。自分の家族が無事なのに反し、隣の家はとつぜんの不幸に襲われていたのである。彼女がみせた表情の変化には、そうした隣家に対する、ある種の疚しさをともなった気遣いが込められていたのでは、と隆一はおもった。

別れ際に、彼女は、重い口をひらくようにして、隣家の長男夫婦が遭難した経緯について触れた。夫婦の一人息子（老夫婦の孫）は、三月初めに高校の卒業式を終え、四月には、仙台の専門学校へ進学する予定であったという。三・一一当日は、仙台で一人暮らしをする息子のために、日用品などの諸々を揃えようと、気仙沼市街に買い物に出たのであった。

その帰途、難に遭遇し、いまだに遺体はみつかっていないが、車だけは発見されていたのである。それも、気仙沼の市街近辺ではなく、なんと、自宅のある日門とは隣り合う、大谷海岸沿いの三島地区なのだった。そこには、ＪＲ気仙沼線の駅舎を兼ねた「道の駅」があるが、夫婦の乗っていた車は、その「道の駅」の裏手で、瓦礫の中に埋もれていたのである。のちに、車体の色と特徴、またナンバーの切れ端から、夫婦のものと判明したのであった。

今回、大谷地区への再訪をきめたとき、隆一は事前に、地方紙の縮刷版に目を通していた。それによると、大谷海岸の「道の駅」付近には、十メートルを超す高さの波が押し寄せてきて、避難を呼びかけ、誘導にあたった大谷駐在所の巡査が、逃げ遅れて犠牲となっている。

たぶん、夫婦は両親と子供の安否を気遣い、東浜街道を急いで自宅へとむかう際、「道の駅」辺りで遭難したものとおもわれる。

「途中、どこか高台にでも避難していればよかったのにと、ご近所の人達とも話したんですが、親御さんや息子さんのことが、どうしても気掛かりだったんでしょうね」

最後に、彼女はそう言うと、頬をゆがめ小さな吐息をもらした。

夫婦が遭難したと思われる「道の駅」は、大谷小学校のすぐそば近くに位置していた。その大谷小学校の周辺は、日門港にあった、定置網漁の番屋が流れ着いたところである。このことも、彼女に聞いていたから、隆一は、そうした二つの事実のあいだに通ずる、不思議な縁というものを感じざるをえなかった。

それとともに、「道の駅」と日門港とは、一キロほど離れてはいるが、車でいけば、五分と掛からない距離にあり、もし、十分か二十分でも早く、日門の自宅に着いていれば、家族と一緒に避難ができ、

（難に遭わなくても、済んだのではないか）

と、一家を見舞った不運さに、胸を突かれるものがあった。

また、日門の夫婦にかぎらず、三・一一当日、一瞬の判断が生死を分けることになった例は、まちがいなく海辺のどの浜にもあったはずで、

（世には、知られていない事実が、数知れず埋もれているのではないか）

あと、数日もすれば、大震災から五年を迎えるのだったが、隆一は、今更ながらに、その思いを強くしたのである。

5

大谷海岸には、三時すこしまえに着いた。ホテル海洋館の駐車場に車を止め、前方にひろがる風景を眺め渡した。海岸の東端に、外洋へ突きでた館鼻崎とよばれる岬があり、そこから三島地区をへて、ホテルの建つ九多丸（くだまる）まで、海岸線は半円を描くように大きく湾曲する。

渚は、一キロメートルにもおよぶ白い砂浜。すぐうしろには、松原も控えている。文字通りの「白砂青松（はくさせいしょう）」の地であり、夏場には、内陸方面からの人出もあって、海水浴場の適地として広くしられていたのである。隆一は、いちど家族連れできて、海洋館に一泊したことがあった。

ところが、かつてみた渚の光景は一変し、まるでその面影がないのである。

（なんとしたことか）

と隆一は、ただ茫然とするほかはなかった。砂浜といえば、ホテルの真下に「ハマナス公園」という敷地があり、その周辺に、わずかばかりの砂地がのこるだけである。以前あったはずの砂浜は、なにか巨大な力が加えられたように、曲線状に、大きく深く抉り取られている。波打ち際のすぐ背後には、護岸用なのか、黒いビニール製の土嚢が積まれ、岸沿いに延々と連なっているばかりであった。

隆一は、海辺に下り、「ハマナス公園」への小道を辿った。大谷海岸に自生するハマナスは、夏に、あざやかな赤紫色の花を咲かせる。旧本吉町の町花であり、この地を象徴する植物だが、震災後、姿を消したことをしっていたので、

（もしかしたら、再生しているのかも？）

とおもい、確かめてみるきになったのである。

いってみると、砂地の低平地に、散策路がもうけられ、途中、園芸ブロックで仕切られた一画があった。そのなかに、樹高の異なった灌木が、数列に亘って生えている。移植されたハマナスの木なのか、とは思ったが、隆一は、まるで確信がもてなかった。

もともとハマナスについて、さしたる知識がなかったうえに、入口の案内板には、その

特徴を、「落葉性の低木」と記してあった。ところが、目前の灌木のうち、やや丈の高い方には、緑色の葉の茂りが垣間見えるのである。

（落葉性のものに、なぜ緑の葉があるのだろう？）

隆一はなにかすっきりしない気分を抱えたまま駐車場に引き返すと、そのままホテル正面へとむかった。

以前、家族連れできたときは、隆一が四十代の頃だったから、ほぼ三十年も昔のことになる。記憶のなかにある海洋館は、たしか木造の二階家であったはずなのだが、目のまえには、コンクリート製で五階建の、真新しい建物が聳え立っている。海沿いの小高い土地にあったとはいえ、当然、震災で被災し、その後に新築されたにちがいない。瀟洒な外観をした本館には、客室のほか、結婚式など催事用の大広間や、図書室、レストランなども備わった、本格的なホテルに変貌していた。

隆一は、フロントの従業員に声をかけ、コーヒーを注文して、ロビーの客席で休息した。ロビーには、窓側の席に若い男女の客が一組。それと、中央の大きなテーブルの周りに、談笑する七、八人の一団がいた。彼らは同年輩で、いずれも頭髪は真っ白か、またひろく額を禿げ上がらせるかしていて、あきらかに、隆一より年長にみえた。ロビーの客といえば、彼らのほかには、一組の男女と隆一がいるだけである。

いつしか、一団の交わす声は、しだいに賑やかさを増し、より声高となっていく。傍若無人ともいうべき、あまりな燥（はしゃ）ぎように、隆一が目をむけると、その中の一人が席を立って、

「済みませんね」

と詫びをいった。肩幅のひろい、大柄な人だったが、身をかがめ、

「これから、中学の同級会なんですよ。傘寿〈数え年の八十歳〉のお祝いをしたとき、五年後にまた集まろうって、皆で約束したもんですから」

と、さも恐縮したような表情をみせる。そのくだけた物言いには、隆一を同じ年代とみたのか、どこか親しみを込めたひびきがあった。苦笑しつつも、笑みを返すと、彼は安堵したように席に着いた。それで、いっときは、会話は静まったが、長くはつづかず元へもどった。

しぜん、聞くともなく、彼らが交わす会話の内容が耳に入ってきた。

「ところで、なおちゃんは、相変わらず一人で暮らしてんの？」「そうだよ。家内に死なれてから、だいぶ日数も経ったし、いまじゃ、すっかり慣れてしまったね」

「なんか、不便なことはない？　あったらいってくれよ、遠慮はいらないからさ」

かつての仲間に、最近伴侶を亡くしたひとがいて、友人がその後の暮らしぶりを気遣う、同級生交歓の図、といったところだろうか。すこし間をおいてから、なおちゃんとよばれ

た客は、

「家の末娘が、近くに嫁いでるので、ずいぶんと助けてもらってるんだ」

と応じた。つづけて、

「ああ、そうだったね。私の娘の嫁ぎ先も寺谷（大谷）なもんで、旦那と一緒に、しょっちゅう顔を見にくる。ときどき、家督息子よりも、娘の方が頼り甲斐があるって、そう思うこともあるね」

と、最初に呼びかけた客がいった。それに、呼びかけられた方が、

「この年になってみると、子供をもつのなら、つくづく、娘の方がいいかなって思うよ」

と、さも同感だ、というように声を上げる。すると、脇からは、二人に同調する声、あるいは、

「いざというとき、やっぱり、頼りになるのは息子の方だって」

と反論する声ありで、こもごも意見が言い交わされる展開となった。

「老後、頼りになるのは、娘か息子か？」、また、「もつべきは、娘か息子か？」などと、一面、他愛ない言い合いにもみえるのだが、隆一には、それぞれに、老いてからの生活体験があり、そこには、日々味わった実感が込められているようにおもわれた。

彼ら一団は、隆一より、一回り上の年代だった。そのうえ、大谷の地は、三・一一の被災現

場そのものである。しかも、窓からは、その日、災厄を齎（もたら）すもととなった海が、目前に一望できている。一見、屈託なげに座談に興じる態だが、隆一には、自分にはおよびもつかない苦衷が、彼らの内心に潜んでいるにちがいないと、被災後の五年、銘々がたどった日常の有り様におもいを馳せざるをえなかった。

やがて、一団の会話は、互いの娘や息子の動静へと移った。

「息子といえば、いくろうさんとこの次男坊、埼玉から家に戻ってるらしいぞ」

話題を転じたのは、なおちゃんと呼ばれた客である。それをうけて、隆一にお詫びの挨拶をした、大柄な体格の客がいった。彼は一座の仕切り役にもなっていた。

「あの息子は、たしか、気仙沼市内の船具問屋で働いてなかった？」

「震災の前まではね。そのあと、会社が廃業になり、なかなか新しい仕事もみつからないんで、埼玉の方にいったんだよ」

「それが、なんで家に戻ることになったの？」

「どうも、会社の上司とうまくいかなかったらしいんだ」

おもに、なおちゃんとよばれる客と、大柄な体格の客とのあいだに交わされた話だが、それによると、いくろうさんという同級生の息子が、失職して、埼玉から大谷の自宅に帰郷したというのである。その理由は、いま、巷間で話題になることの多い、上司による威圧的な仕打ち、つまりパワーハラスメントにあったという。

話の内容が、なにやら深刻になってきたので、しぜん、隆一は聞き耳を立てるかたちになった。

「詳しくは聞けなかったが、嫌がらせは、度を超して酷かったようだね」

「いまどきの若い者は、弱くなったもんだ。それにしても、職場の同僚達は、一体どうしてたんだろう。助ける仲間が、誰もいなかったというのかね」

と、仕切り役の大柄な体格の客が、慨嘆するように声を発した。そのあとで、

「上司も上司だね、部下がいての上役じゃないか。手加減ということをしらないのかね。ま、私らのころも、理不尽な奴はいたからな。その点では、昔も今も、変わらないってことかな」

と、一座の客に、同意を求めでもするかのようにいった。

そのことばを聞いたとき、ふと、隆一の記憶の奥深くで、かすかに反応するものがあった。「理不尽な奴」で、「昔も今も変わらない」。そのことばを、二度、三度繰りかえし、思い浮かべていると、隆一の脳裏に、ある一人の男の顔が蘇ってきた。それとともに、胸の奥底から、いいようのない不快感が込み上げてくるのだった。

すでに、五十年余りもの年月を経ているが、かつて、初任地の職場にいたとき、隆一は

上司から、いまでいうパワハラの被害を蒙っていたのである。いや、正しくいえば、蒙りかけたということになるが、それも、口頭によるものだけではなく、直接からだにまで、危害を加えられそうになったのであった。

6

その上司は、相場敏郎といい、隆一の勤務先で、業務課長をしていたひとであった。隆一の職場は、ある財団法人が運営母体となっていた。事業の中心は、資源開発だが、傘下に、地質学など自然科学の研究や、文化財関連の、史料調査にあたる関連の部門もあり、それぞれ付属の施設を抱えていた。

相場課長は、四十代のころ、中途採用で入ってきたひとだった。前職は、大手系の建設会社に勤めていて、なにか不始末があって退社することになったという。これも噂だが、彼の妻の父が、財団法人の有力理事であり、その伝手(つて)によって渉外課への配属がきまったともいわれた。業務課には、その二年後に、異動してきたのである。相場課長の採用が「伝手」によるかはべつとして、彼の妻の父が、財団法人の有力理事であるのは事実だった。

酒席で乱れると、彼は、

「お前らなんて、俺のひと言で、どこにでも飛ばせるんだぞ」

と高言するという。財団法人には、各所に付属施設があり、そこへの転勤を示唆するものだった。むろん、それはおもに、現業職のひとたちとの酒席でのことのようで、ふだんは、面長で、彫りの深い顔をきりっと引き締め、精力的に仕事をこなしていた。

その反動というのだろうか。相場課長は酒席をこのみ、宴席のあとでは、二次会、三次会へと流れていく。隆一も、一時誘われることもあったが、深酒をして悪酔いするのが嫌で、断ることの方が多かった。しぜん、声が掛かることもなくなり、とくに打ち解けて、心をかよわせる機会もなく推移した。

それでいて、相場課長は、隆一を軽んじるふうでもなかった。彼は職場内では、隆一が属する研究職や、事務職の職員には、ある種敬意のようなものをもっていた。それは、建設会社から、中途で採用されたという、経歴上の引け目によるのかもしれない。あるいは、妻の父の斡旋による、縁故採用の身であることに対する、負い目があったためかもしれなかった。

あるとき、隆一は、相場課長が現業職の職員と対する際、研究員や事務員と対するものとは、まるでちがった態度で、接していることに気づいた。職場には、現業員専用の控室がある。更衣や休憩の際に使われるのだが、現業員のほか、彼らと親しい事務員や研究員も出入りしていた。

隆一には、現業職員のなかに、一人、仲のいい友人があった。阿部聡というひとで、親しみを込めて、「聡さん」とよんでいたが、隆一より二歳年下で、女川湾の沖に浮かぶ、出島出身のひとだった。学生のときの漁村調査では、出島まではいかなかったが、ちょうど、真向かいにある尾浦地区が、カキ養殖が盛んなところで、そこを訪ねたことがあった。

そのことを話すと、聡さんは非常に喜んで、隆一にとくべつな親近感を抱いたようだった。その聡さんが、海辺で育ったと同様、隆一もまた、おなじ南三陸の志津川育ち。二人の親交は、急速に深まることになった。

そうした間柄にあったから、ある日、隆一は、聡さんに会うべく、業務員室へとむかった。ところが、先客に、相場課長がいたのである。和室の畳に、だらしなく寝そべり、いかにもぞんざいな口調で、業務員たちと談笑しているのであった。そばには、定年退職を目前にしたひとをはじめ、彼よりはるかに年長のひとがいたにも係わらずである。

また、べつの日には、業務員室の事務机に足を投げ出し、椅子にふんぞり返って、やはりぞんざいな口調で、かたわらの業務員に話しかけているのであった。二十代で、まだ独り身の隆一にも、取り澄ました丁寧な口調で応対する、いつもの相場課長とは別人のような姿だった。

些細なことかもしれないが、隆一は、なにか嫌なものをみたような気がした。ふだんの

相場課長の裏の顔、つまりは、彼のもつ二面性に気づかされたようで、

（このひとは、油断ならないぞ）

という警戒心が、心中に根づいたのであった。それは、好悪の感情というよりは、肌合いのよくなさといった、感覚的なものであった。それ以来、隆一にとって、相場課長は、どこか近寄りにくい、苦手な上司として意識されることになった。

こうした、隆一の態度が、彼の癇にさわっていたのかもしれない。ある年の秋、隆一は、一つの事件に見舞われた。それは、付属する施設と合同で催される、恒例の企画展を控えた夜のことだった。

一通り、会場の準備がととのったところで、親しい仲間三人で、一杯やろう、ということになった。場所は業務員室。酒と肴は、聡さんともう一人の同僚が買い出しにいき、隆一は一足先に業務員室へむかい、待機していた。そこへ、とつぜん、相場課長が現われたのである。

「聡はいるか、聡は」

と大声で連呼しながら、激しい勢いで戸を開けて、部屋に入ってきた。相当な酩酊状態で、目が据わっている。他の付属施設を巡回し、途中で、かなりの量を呑んできたにちがいなかった。只、その後の経緯からすると、意識はハッキリしているように思われた。部

屋の中にいたのが、聡さんではなく、隆一だとわかると、

「なんだ、三好か、お前にはなあ、どうしても言わなきゃならないことがあるんだ」

と高く叫び声を上げ、そばに寄ってきた。ついで、隆一に正座をさせると、彼は胡坐を組み、胸を反らして、隆一に罵声を浴びせかけた。

「俺はなあ、お前の目つきが気に喰わないんだ。ひとを見下したような目をしやがって……」

隆一には、覚えのないことだったが、それを口火に、彼は、なかばうっぷん晴らしでもするかのように、罵り声を上げつづける。その剣幕に、隆一はいまにも自分が殴りつけられるのではないか、と恐怖を感じた。そのまま、誰もこなければ、隆一はきっと殴られたにちがいないが、折よく、聡さんと同僚が戻ってきたため、どうにか難を避けることができた。聡さんが、相場課長の宥め役にまわり、ほかの同僚の一人が、大通りでタクシーを拾い、隆一を帰宅させてくれたのだった。

7

なにか、周囲が騒がしくなった。見回すと、ロビー客の一団が、一斉に立ち上がっている。これから客室へいき、夕食前に入浴ということになるのだろうか。目の前にある、テ

ーブルのコーヒーが、もうすっかり冷めきっていた。すこしの間とおもっていたのに、結構、時間が経っていたのだった。帰途に就くまえに、温かいものが欲しくなり、隆一は再度コーヒーを注文して、席に着いたままでいた。

そのあいだ、席でじっとしていると、隆一は、なにか心許ない気分に襲われた。それは、忘れものをして、それが何であったか、思い出せないでいるときの、もどかしい感じにも似ていた。しばらく頭を垂れ、考え込んでいたとき、

(たしか、聡さんには、火傷のあとがあったんじゃないか)

と、旧友の阿部聡さんに、火傷の傷あとがのこっていたことに気がついた。こんどの大谷行の目的には、前浜で会ったひどい火傷を負った子が、どんな行く末を辿ったのか、それをしることも一つにあった。ところが、それを果たせないままでいたことが、呼び水となったのかもしれない。

前浜の男の子とは、まるで比較にはならないが、聡さんのちょうど襟首の下、胸元から腹部にかけて、斑状にうすく、本来の皮膚の色とは異なった、赤紫色の引き攣れがひろがっていた。職場の親睦旅行にいった際、旅館の風呂場で目にしたのだが、

「子供のころ、練炭炬燵にもぐったまま寝てしまってね」

と、聡さんは、べつに気に掛けているようすもなく、淡々と打ち明けてくれた。

彼もまた、相場課長とおなじように、中途採用の身であった。地元の高校を卒業後、上京すると、専門学校へすすんで写真家を志す。のち、写真店ではたらきつつ修業を積むも、とちゅうで断念し帰郷することになった。

が、聡さんには、挫折感や引け目といった翳を感じることはなかった。カメラの扱いは、むろん、プロはだし。印刷や、レジュメの製本では、じつに手際がよかった。

隆一が三十代の後半、初任の財団法人から、ほかの文化施設に移った際、数年して、彼はビルのメンテナンス会社へ転職していった。仙台市南部の団地に居を構え、年々の賀状を欠かすことはなかった。

東日本大震災の二年まえ、いちど、初任の財団法人の旧同僚会がもたれた。世話好きだった、聡さんの音頭によるものだった。その席では、かつての上司、相場課長の消息も話題に上がった。彼は神奈川へ住居を移していて、すでに故人となっていた。

その旧同僚会が開かれた翌年、つまり、三・一一の前年に、聡さんの訃報が届いた。彼は旧同僚会の席では、なんらの異変も感じさせなかったが、その会の一年後の死去である。そのころから、体調がよくなかったのではないか、と推察された。旧友との別れを意識し、率先して幹事役を引き受けたということは、聡さんの人柄からして、じゅうぶんあり得ることのように、隆一にはおもわれた。

過ぎ去った、聡さんとのことを思い起こしていると、相場課長から、あやうく殴打されそうになった日のことが、隆一の記憶のなかに、ゆっくりと蘇ってきた。その夜、隆一は同僚の機転によって、なんら危害を加えられることもなく、帰宅することができた。が、つぎの日、企画展がはじまる時刻になっても、聡さんは姿をみせない。

すでに、隆一が出勤したときには、前夜のできごとは、ほかの職員にも伝わっていて、職場には、異様な雰囲気がただよっていた。同僚の現業員に聞くと、隆一が帰ったあとで、制止に入り、宥め役になった聡さんは、相場課長の怒りを買い、何発も殴りつけられていたのであった。いわば、隆一の身代わりになったわけである。

幸いにして、入院までには至らなかったが、左の頬と顎が大きく腫れ上がり、聡さんは一週間以上も欠勤を余儀なくされた。このことをしった、聡さんの兄が激怒して、あわや、警察沙汰になるところであった。館長と、相場課長の義父である理事が、ひたすら謝罪につとめ、どうにか事を収めることができた。

のち、相場課長は、義父に愛想を尽かされたか、翌春の定期異動を待たずに、職場を去ることになった。「酒乱の癖（へき）」とよぶのだろうか。彼には、過去にもいくつか、酒席でのしくじりがあったという。当時、噂話で、彼の転出先は、不動産関係ではないか、とも取り沙汰された。

ところで、聡さんが相場課長に殴打され、負傷した件についてだが、隆一は長いあいだ、それは自分に加害がおよばないよう、聡さんが止めようとしたことが、直接の原因だとは思っていなかった。ただ制止しようとしただけで、大怪我を負わされるほどの殴られかたをするとは、とても考えられなかったのである。

たしかに、聡さんと相場課長は、釣りや麻雀で、行動を共にすることが多かった。しかし、事件が起きたころ、聡さんには、相場課長を避けているようすがみえ、二人のあいだに、なにか行き違いでもあり、それが当夜の行為を引きおこす因（もと）になったのではないか。隆一は、そう思っていたのであった。

しかし、旧同僚会の終了後、かつての同僚の一人から、そっと耳打ちされたのだが、聡さんは、

「日頃、仲がよくて、大人しい三好さんが、難癖をつけられているのをみて、どうにも我慢ができなくなって、向かっていった」

と、事件当夜の心境を打ち明けたことがあったという。旧同僚会の席もふくめ、いくらでも機会があったにもかかわらず、聡さんは、隆一には、ずっとそのことをいわずに通してきたのであった。お礼もせず、お詫びもいえなかったことが後悔された。

「久しぶりに、女川にいってみるか」

と隆一は、そっと低くつぶやいた。

聡さんの実家がある出島や、カキ養殖でしられた尾浦を訪ねてみたい。震災の被害がどれほどのものか、また、どこまで復旧しているのか、この目でじかに確かめなければ、とつよくおもった。

波路上杉ノ下（はじかみ）

1

気仙沼湾入り口の岩井崎は、潮吹き岩でしられた景勝地である。波の荒い日には、十数メートルの高さにまで海水が吹き上げる、豪快な吹き潮がみられるという。ちかくには、文字どおり白砂青松の御伊勢浜が、弓なりの弧を描いていた。この御伊勢浜には、鎌倉幕府の初代将軍、源頼朝麾下の名族に流れをくむ旧家があり、家伝に、

「江戸中期のころまで、中秋の名月には一族が集まって、海岸から鎌倉の方角をむいて空を拝んだ」

という趣旨の伝承がのこされているという。

三好隆一が、この言い伝えの存在をしったのは、地元気仙沼の郷土史家の本からである。著者は長年にわたり、中世以来、南三陸一帯で興亡を繰り返した武士団の消長について、丹念に調査をかさねてきていた。隆一はその風貌を写した地元新聞社の記事を目にしたことがある。背丈は、優に百八十センチはあろうかというほどの長身。温顔ながら眼光に力があり、肩幅の広い、がっしりとした体躯には、古武士然とした雰囲気さえ漂っていた。

源頼朝にゆかりがあるという、御伊勢浜の旧家に伝わる故事をよんだとき、隆一は一瞬、（この人自身が、旧家の末裔の一人では？）

とおもったものであった。ただ、そのことはすぐに打ち消すことになった。著者の名字も、またその先祖も、頼朝ゆかりの武士団とは、直接の係わり合いがないことが、まもなくわかったのである。しかし、二冊目の著書には、旧家につながる係累一統がつどい、故地である鎌倉の方角をむいて遥拝したという場所が、やはり再度、しかも写真つきで紹介されているのであった。

その遥拝所は「机ガ（が）森」といい、御伊勢浜東端の岬（御伊勢崎）付近に位置していた。鎌倉期には、山の先端を称した、との説があり、もとは陸続きだったのかとも思われるが、いまは岬から切り離された、独立した小島のような形状を呈している。小島には、枝ぶりのよいマツの木が三十本ほど生えていて、外洋を背に一列の松林をなしていた。

言い伝えにしたがえば、洋上の空に満月がうかぶ晩、月明かりの下、その松林の中で机上に供物（くもつ）を供え、遠く鎌倉の地を拝したということになるのである。一幅の絵になるような情景が脳裏に去来し、隆一は、その場に参集した一族の故郷を偲ぶ心情に、ゆかしさと、かつ、好もしさとを覚えたのであった。また、一方では、自著において二度にわたり「机ガ森」の逸話を取り上げた著者の意中に、この土地に対するとくべつな思い入れが存在していたのでは、と感じたのも事実である。

その理由が何であるのか、いちど隆一は、あれこれ思い巡らしてみたことがあった。その一つは、つぎのような史実に由来するものだった。これは著書で触れられていることだが、南三陸の海岸部には、中世のころ、頼朝ゆかりの関東武士団のほか、瀬戸内や紀州の海で活動した、水軍とよばれる豪族武士団の一部が北上し定着していた。

気仙沼地方には、二系統の氏族があり、郷土史家の名字は、その中の一系統と同じであることがわかったのである。そこで、肝心の御伊勢浜の旧家とつながる名族の出自は、ということになるのだが、この一族は、関東武士団の中でも、水上戦を得意としていたと定評のある氏族なのであった。つまり、郷土史家の名字と、御伊勢浜の旧家の名字とは、それぞれ姓はちがっても、おなじ水軍系の氏族に属することになる。

ここからは、隆一のまったくの推測によるのだが、郷土史家の著者の先祖は、南三陸の海辺に辿りついた、瀬戸内や紀州に出自をもつ水軍系の、どちらか一方につながっているのではないか、という考えである。そうとするならば、著者にとっては、「机ガ森」で、鎌倉の地を遥拝した旧家一統の望郷の念は、おのずと共感できることとして受けとめられ、それが著書の中で、繰りかえし触れられることになった理由なのでは、ということである。そうした著者の思いを認識することにより、「机ガ森」の故事と史跡は、隆一にとって、一入（ひとしお）忘れがたいものとして記憶されることになった。

ところが、平成二十三年（二〇一一）三月十一日。東日本大震災(三・一一)の発生により、南三陸一帯も災禍に見舞われてしまった。とりわけ、御伊勢浜のすぐうしろに位置していた、波路上杉ノ下地区の被害は甚大なものだった。この集落の高台にある広場は、気仙沼市の指定避難所にもなっていたところで、災害時を予測して、これまでなんどとなく避難訓練がおこなわれてきていた。その際、地区民はこの広場に集結し、点呼をうけて、たがいの無事を確認する手筈になっていたという。

当日、大津波来襲の報により「ここなら安心」と避難してきた人々を、高さ十三メートル以上もの巨大波が襲ったのである。高台の海抜高度は、十二メートル余り（十一メートルとも）といわれる。その場に居合わせた住民は、逃げることもままならず、ただ、押し寄せる波に翻弄されるがままとなったに違いない。この杉ノ下地区には、八十五世帯、三百十二人が住んでいたのだが、家屋は土台だけをのこしてほとんどが流失、死者と行方不明者とを合わせた犠牲者は、住民の約三割にあたる九十三人にもおよんだ。そのうち、十九人がいまだに行方不明のままとなっている。

2

三・一一の震災から、まもなく六年が経（た）とうとする二月。隆一は、杉ノ下地区に建てられていた慰霊碑が、近くの防災広場に移設されるというニュースをしった。その慰霊碑は、震災の翌年三月、犠牲者を悼み、遺族会が遭難地の高台に建てたものである。碑には、九十三人の名前が刻まれていて、故人を供養したり、津波避難の教訓を伝えたりする場になっていた。ただ、防災広場の完成には間があり、そのまえに、慰霊碑の周辺で道路の拡幅工事があるため、臨時の仮置き場に移されるというのである。

その新聞記事を目にしたとき、隆一がまっさきに思い出したのは、御伊勢浜にあったという旧家のことである。

（あの旧家の人達は、はたして、無事だったろうか？）

また、

（係累一統が遥拝所とした、机ガ森の松林はいったい、どうなってしまっただろう？）

そうした懸念が、隆一の胸中をよぎった。これらについては、以前から隆一が気に留めていたことで、いちどは杉ノ下を訪ね、じかに確かめてみたいとおもっていたのである。しかし、被災地への訪問については、隆一にべつの予定があり、杉ノ下への現地行きは、ずっと後まわしになってきたのだった。というのは、震災後の五年間、隆一は自分なりの計画をもとに、南の牡鹿半島から北へと、順に、南三陸の海辺の土地を訪ね歩いていた。

それには、石巻市雄勝（おがつ）町の船越や北上町相川が、あるいは、南三陸町の志津川と歌津、また気仙沼市の大谷海岸などもふくまれていた。このうち、南三陸町志津川は、隆一が幼少期を過ごした町であり、湾奥の小さな浜には、母の実家がある。小学五年生のとき、隆一は父の転勤により志津川を去ったが、その後に移り住んだ土地には、やはり南三陸の海辺沿いの市や町もあった。隣県の大学では、歴史を専攻していたが、民俗学にも興味があった隆一は、漁村調査のため、この地の浜集落を足繁く訪問していたのである。それが、三・一一の震災により、これらの土地のほとんどが被災してしまった。志津川の母の実家は、家屋が流失し、伯母とその娘婿は亡くなっていた。また、小学校で机を並べた幼友達も犠牲になり、未だに、遺体がみつからないままとなっている。

伯母は、母の兄嫁であった。子供の頃の夏休みをはじめ、盆と正月、あるいは結婚や就職など、一身上の節目のときにも、訪ねていった際には、こまやかな気遣いをしてくれた恩義ある人だった。そうした縁者を亡くす事実がありながら、隆一は自分の中に、三・一一の震災に対し、ずっと、傍観者的な立場で居つづけたという意識をもっていた。それは、(直接、自分が津波の被害に遭っていないからではないか)

という、内心の思いからくるものであり、結局は、ここ五年間の被災地を巡るこころみは、動機としてはそこにいきつくのではないか、と隆一は考えている。

三・一一の震災時、隆一は七十代初めだった。ボランティアとして、現地に入るのにも気後れがさきに立ち、なんら奉仕活動をすることもなかった。自分にできることといえば、子供のころから馴染んできた土地や、記憶にのこる史跡、景勝地などを訪ね、被災した状況と、復興への経過を確かめること。あわせて、縁のあった知人の消息をしることができるのでは、との思いから、海辺沿いに、北へとむかってきたのであった。

その杉ノ下を訪ねた日。隆一は車で、東浜街道(国道四十五号線)を北上していった。気仙沼市街への十キロほど手前で、岩井崎への入口を示す標識がみえた。そこから、幅広い道がまっすぐにつづいている。国道からの枝道にしては、なにやら不似合いな感じがして、

「これが、板垣退助が構想した道なのかな?」

と、隆一はおもわず呟いてしまった。明治二十九年(一八九六)六月十五日。これは三・一一の震災から百十五年前のことだが、波路上杉ノ下地区をふくむ旧階上村は、過去にも大津波に襲われていたのであった。三陸のはるか沖合いで起きた、海底大地震によるものだ。とくに、岩井崎と御伊勢浜との間に位置する、明戸(あけど)地区の被害が大きく、集落の戸数八九戸のうち、八六戸が流壊。住民五八八人の七三パーセントにあたる、四三三人が死亡するという一大惨事となったのである。

この明戸集落は、目のまえに、魚介類の宝庫とされる岩礁地帯をひかえ、また、江戸期には、塩田による製塩業もはじめられ、「村の富を、独り占めにしている」と周辺から羨ま

しがられるような、豊かな暮らしぶりでしられていたという。ところが、大津波の襲来により、壊滅的な被害を蒙ることとなった。このとき、現地を視察した、明治政府の内務大臣板垣退助は、さまざまな指示を発している。そのひとつが、

「道路を一本新設し、その両側に、被災者の住宅を再建させるように」

との提言だった、という。（地元出身の事業家小野寺大三郎発案との説も）

これにより、東浜街道の岩井崎入口から明戸浜との間に、四間幅（約七メートル）の道路が新たに設けられた。明戸の住民は、その計画のもと、海岸の低地からより高所にある新設路の道沿いや、そのほかの高台などへと集団移転することになった。いまの波路上地区の原型ができた、そもそもの所以とされる。杉ノ下にも、人家が集中するが、いうまでもなくその中には、御伊勢浜の旧家など、明戸地区の住民の家もふくまれていたのである。

その結果、昭和八年（一九三三）の三陸地震津波、および昭和三十五年（一九六〇）のチリ地震津波の際にも、さいわいにして、杉ノ下は被災をまぬがれている。こんどの三・一一の震災で、多くの住民が難に遭った、杉ノ下の高台は、海抜高度が十二メートル余りといわれる。大きな惨禍を齎した、明治二十九年の津波では、旧階上村明戸の波高は、九・二メートルと記録されている。これらのことからも、杉ノ下の高台が、市の指定避難所とされた理由には、それなりの根拠があったことがわかる。また、そこに避難した住民の「こ

こなら安心」という心理にも得心がゆくのである。

ただ、三・一一のとき、杉ノ下の高台を襲った津波は、高さが十三メートル以上といわれ、明治二十九年の際の、明戸地区の波高を上回るものだった。この地区に住む人達が、想像しないような高さの波に襲われたのだと、隆一は、改めて驚かされるのである。

3

直線路を一キロほどすすむと、左手に、銅板葺の山門がみえてきた。曹洞宗の古刹、愛宕山地福寺である。三・一一当日、この地にも、大津波が押し寄せてきていた。地福寺の住職も被災したが、ちかくの民家の二階に避難して、からくも難を逃れている。しかし、本堂は柱だけをのこして全壊。境内は、瓦礫の山と化したのであった。のちに、住職は、百数十人もの遺体や遺骨と、この本堂跡などで相対することになる。

震災から五年後の、平成二十八年（二〇一六）五月。その本堂の修復がなり、あわせて、境内一帯も整備された。隆一の視線のさきに、山門をささえる門柱の土台石や、本堂の板戸がとらえられた。どれも新しい素材がつかわれていて、これらの事業が、ごく最近になされていたことを裏づけていた。

境内の一角に「祈りの広場」と名づけられた施設があった。石段が組まれ、いちだん高

くなった敷地に、傷んだままの、地蔵菩薩の石像が祀られている。基壇の袖には、

「祈って下さい　あなたのまごころを」

という書き出しではじまる、短い詩文をしるした標示物が掲げられていた。被災した人達に、弔意を表わすようもとめたもので、住職の直筆なのであろう、署名と、朱色の刻印が押されてある。境内には、そのほか二基の石碑が目についた。一基は、本堂などの修復を記念したもの。もう一基は、『階上村誌』に載っている、いわゆる明治二十九年六月十五日の海嘯記念碑であった。灰色の自然石でできた碑は、三・一一の際に倒れてしまったのだが、その後復元されていたのである。


その記念碑のまえに立ったとき、隆一の胸中に、ふと、「すびとれた」という語句が浮かんだ。それは、『階上村誌』に記載されているもので、明治二十九年の震災時、波路上地区がどのような状況下にあったか、それを如実に言いあらわすような言葉であった。「すび」とは、鮪の異名である「しび」を訛って発音したものである。明治二十九年の震災では、明戸地区の死者は、四百人以上にもおよんでいた。遺体の収容もままならず、

「市場に鮪が並べられたように、地福寺の参道に並べられ、上には蓆を掛けただけだった」

と、村誌には記されている。その時から、死者が出た際に使われることばとして、「すびとれた」という方言が、当地で語り継がれることになったとのことである。明治二十九年

六月十五日。大津波が襲った日は、ちょうど端午（たんご）の節句（旧暦五月五日）の夜だった。この地では、最盛期だった田植えも早仕舞いし、どこの家でも餅を搗（つ）き、菖蒲湯に入って祝いの膳を囲むのが習わしだったとされる。

その食事の最中や、食後の団欒（だんらん）のひとときに、とつぜん、不慮の災厄に見舞われることになった。この方言は、語感自体のひびきはもとより、比喩のしかたにも、一面、犠牲者への冒瀆（ぼうとく）とも取られかねないむきがある。だが、隆一には、明戸集落のみならず、当時の階上村の人達が置かれた極限状況を、生なかたちで伝えるものと、そう受けとめるべきなのかもしれない、と思えるのであった。

こうした明戸地区の集落移動や、震災時のエピソードなどについて、隆一が資料の提供をうけたのは、市役所の支所に勤める一人の職員からであった。波路上地区の杉ノ下訪問にさきだち、事前に、隆一は市役所の支所に問い合わせをしていた。その際、電話での応対をしてくれたのが、この職員であった。

「どなたか、杉ノ下地区の郷土史に詳しい人がいたら、ぜひ教えてほしいのですが」

隆一は、御伊勢浜の旧家の消息をしるには、まず地域の古老に聞くのがなによりと、そう問ってみた。すると、

「こんどの震災で、地区のお年寄りの方々は、ずいぶんと亡くなられましてね……」

抑えた、落ち着いた口調だが、どこか戸惑っているような、くぐもった声がかえってきた。迂闊なことに、隆一は杉ノ下が惨禍の地であったことを、一瞬意識から欠いていたのである。そこで、遅まきながら、

「杉ノ下の高台では、九十三人もの方が被害に遭われたそうで」

と、隆一がお悔やみをいうと、

「じつは、高台のビニールハウスの辺りには、地区の人達が百人ほどいたんですよ」

と前置きしたあとで、その職員は、津波襲来時の高台のようすについて触れた。避難所となっていた広場のそばには、イチゴなどを栽培するビニールハウスが何棟かあったという。当日は寒かったため、その中に避難していた人たちもいたのだが、

「ほとんどの人は、津波に呑まれてしまって、気づいたときには、ハウス諸共、姿がなくなってしまっていたそうです」

といい、また、地区民を襲った大波は、とくに第二波の勢いがはげしかったことなども、つけくわえた。ついで、やや間を空けたのち、

「それにしても、杉ノ下のことを、あれこれ気に掛けて貰って、本当に有難いことです」

と、隆一に謝意まで口にする。その声には、単に儀礼的なものとはいえない、なにか、実のある心情が込められているようにも感じとれた。さらに、電話をきる直前になって、

「私は郷土史について、なにもわからないのですが、史料だけなら、集めることはできます。三月中に、こちらからあらためて連絡をしますので」

といい、隆一の電話番号を確認するのであった。

それから一週間後、驚いたことに、隆一はその職員から、手渡しで、村誌のコピーをはじめ、おもに三・一一の被災体験記をおさめた記録誌などを受けとることになった。出張のため、仙台へむかう途中とかで、急遽待ち合わせをしたのである。

「わざわざ寄っていただくなんて、恐縮です」

と隆一が礼をいうと、

「なに、仙台への通りすじですから。それに、一日でも早く史料をお届けして、お役に立てたらと思いましてね」

となにげなさそうに装う。待ち合わせの場所は、隆一が住む町の役場内で、玄関脇のロビーで面会した。初対面のその職員は、四十代半ばごろの年齢にみえた。上背があり、痩せぎすながら、物腰はやわらかく、おだやかな人柄におもわれた。だが、色白で面長、血色のよい顔には、一見して、壮年の気というのか、はたらき盛りの者がもつ精気が垣間みえていた。これは、帰宅後、震災の記録誌をよんだあとになるが、隆一は、その職員が記録誌の編集に、担当者の一人として係わっていることをしった。

ところで、この記録誌は『服膺の記』と題され、地区の識者や有志の人達が立ち上げた、編集委員会によって編まれていた。「服膺」とは、儒教の経典のひとつ、『中庸』から引用したもの。「服は」身に着けること、「膺」は胸で、あわせて「常に心にとどめて忘れないこと」という意味があるとされる。いうまでもなく、そこには、三・一一の震災体験を史実として遺し、その教訓を後世につたえたいとする、編集委員一同の思いが込められたものであった。この『服膺の記』をよむことによって、隆一は、杉ノ下をはじめ、波路上地区の人達が遭遇した、被災時の実相の一端をしることができた。

また、震災後の復興にむけたこころみが、地区の住民を挙げて取り組まれていることも分かったのである。『服膺の記』の端書きに、つぎのような趣旨の一文がしるされていた。

「提供された体験記や、写真をみると、あらためて、地区民すべてが被災者だったことを実感する」

としたうえで、

「地区の人達が、内外からうけた救援と支援に、深い感謝の念をもっていることや、あわせて、復興へむけての心意気などが伝わってくる」

とつけ加えている。この波路上地区も、ほかの被災地と同様に、被災直後はもとより、復興への過程においても、様々なかたちで他地区からの支援を得てきたにちがいない。

その追加文の一節を目にしたとき、隆一は、支所の職員が示した応対振りのことが、瞬間、頭にうかんだ。杉ノ下の惨事にふれた際に、謝意を告げられたことといい、「階上村誌」などの史料を直接届けてもらったことといい、単なる一訪問者にすぎない自分に対するものとしては、分外なこと、と感じるところがあった。しかし、端書きに加えられた一文により、その職員の心情には、地区の住民と相通じるものがあり、それが自分への応接のしかたに繋がっているのでは、と隆一には思われたのである。

4

地福寺から西へむかうと、まもなく「海辺の森をつくろう会」としるされた案内板が目についた。そこが、杉ノ下の住民を悼む慰霊碑の置かれた場所だった。右手には、真新しい二階家が数軒建ちならび、左手の坂をくだったさきには、御伊勢浜の青い海が覗いている。慰霊碑のまえには、一面に砂利が敷きつめられ、ひくい灌木の茂みを背に、楕円形の大きな黒御影(みかげ)石が建てられてあった。

碑の前面には、「絆」と題された追悼文がきざまれている。それは「あなたを忘れない」という一文から始まり、「ここなら大丈夫」と避難してきた地区民を、何波にもわたる津波が襲い、九十三人の命が「海に散った」と綴られていた。終わりは「今までありがとう　こころやすらかに」と結ばれ、犠牲者への感謝の念と弔意が表わされている。短い碑文ながら、隆一には、緊迫した遭難時のようすが、じかに伝わってくるように感じられた。

慰霊碑のうしろに回ると、裏面には、九十三人の犠牲者の名前が刻まれている。ほとんどは、海岸部に共通する名字であった。村誌などの史料から、机ガ森の故事につながる、御伊勢浜の旧家について、隆一には、おおよその把握はできていた。だが、先祖の名字と名前がわかっても、それが碑面の名前とどう結びつくのか、あるいは、旧家には犠牲者がいなかったのか、それを判断する手掛かりは持てていなかったのである。隆一は区切りをつける意味で、慰霊碑に再度手を合わせてから、海辺への坂をくだった。

その途中、

(いったい、避難所があった場所はどこなのだろう?)

と、隆一はあらためて周囲を見渡した。が、右手には、枯れ草に覆われた低地がひろがり、正面には、褐色の土肌を剥き出しにした土地が、まるで視界を遮るようにせり上がっていて、どこが避難所の跡地だったのか、まるで見当がつかないのである。前方、電波塔とおぼしき鉄塔の周辺にも、周囲から一段と高まった土地が築かれている。おそらく、その辺りが防災広場の予定地なのだろう。手前には、立ち入り禁止の標示がされていて、近づくことができない。隆一は、三・一一の遭難地を確かめることをあきらめ、御伊勢浜へと車を走らせた。

海沿いの道に出ると、三叉路に、岩井崎と杉ノ下漁港への方向をしめす標示板が立ててあった。まっすぐに浜辺へとすすむと、右前方に御伊勢浜の海がひろがっていた。津波の直撃をうけてのものか、堤防は断ちきられ、かつて景勝を謳(うた)われた砂浜や松林は、その面影さえ窺うことができない。岸辺には、破れかけた黒いビニール製の土嚢(のう)がならび、大小の石だらけの渚と相まって、荒涼とした海岸風景を一層際立たせるものにしていた。

渚に沿って左へすすむと、まもなく杉ノ下港に着いた。船揚げ場の奥に、車を止め、岸壁の縁(へり)まで歩いていくと、ちかくで漁具の手入れをしている漁師に出会った。

「この時期だと、なにが捕れるんですか?」

ちょうど漁から帰ったばかりのようで、いささか気がとがめたが、話の糸口ができればとおもい、隆一は問ってみた。すると漁師は、不意の問いかけを気にするでもなく、

「タコとソイ、それにアイナメといったところだね」

と気軽に応じてくれた。振りかえった漁師の顔に、人懐こそうな笑みがうかんでいる。中背で細身。日焼けした顔肌が印象的だった。年齢は六十代後半か、七十代。隆一とは、さほど違わない年配にみえた。そんな気安さもあって、隆一はつづけて問った。

「三・一一のまえとでは、どうなんです、もとに戻ってるんですか？」

「いや、とてもそんな訳にはいかないね。いまは漁に出る人もすくなくなって」

と漁師は、一旦視線を船溜まりにむけたあと、ついで、御伊勢浜の渚の方を眺めながら、

「砂利だらけになってしまい、これでは、海水浴場としてもどうなるものやら……」

と、ため息を吐くようにしていった。杉ノ下漁港に着くまえ、隆一はまるで砂浜が抉り取られるように消滅し、わずかな砂地をのこすばかりとなった、御伊勢浜の惨状を目の当たりにしていた。相槌も打ちかねて、ふと外洋の方角に目を遣ると、修復された防波堤のむこうに、数本のマツが生えている小島がみえた。

「ひょっとしたら、あれは机ガ森じゃないですか？」

おもわず隆一が声を出すと、漁師は、

「そう、この辺りでは、机ガ森といってるね。ただ、津波にやられるまえは、マツの木も十本以上はあったんだが、いまはあの通り六、七本のこってるだけで。それに、島の大きさも半分になったね」

といった。

郷土史家の著書でみた写真では、机ガ森のマツは、三十本ほどはあったはず。その後、枯死するかして減ったにしても、わずか六、七本になっているとは、まったくの驚きだっ

た。くわえて、島までがかたちを変えていたのである。昔、一族一統がつどい、故郷の地を遥拝したという松林だが、かつてはゆかしげな拝礼の場であったことなど、到底思い描くことのできない状態と化していた。

(あれが机ガ森とは……)

三・一一以来、隆一が気に掛けていたことの一つが、見る影もないすがたで、眼前にあらわれたのである。隆一はただ落胆するほかはなかった。その場でじっといると、隆一の脳裏に、懸念していたもう一つのことが浮かんできた。すなわち、机ガ森の故事の当事者である、旧家の人達の消息についてである。

(ここは、安否を確かめなければ)

と隆一はおもった。

そこでふたたび漁師にむき直り、問いを発した。その際、机ガ森の言い伝えについて手短に説明し、それとかかわりの深い旧家の人達が、こんどの震災で無事だったのか、その消息をしりたいのだ、と話した。すると漁師は、机ガ森の故事については、確かに聞いたことはあるが、いまはそのような習わしはないという。肝心の旧家の人達のことでは、その旧家とは、杉ノ下地区で総本家といわれる家ではないか、と前置きしたうえで、

「ただ、総本家のじいちゃんは亡くなってね」

といった。おもわず隆一が、

「避難所になっていた高台でですか？」

と聞きかえすと、

「そうだね、この地区では、避難場所は、そこだって決めていたからね」

と、隆一にむいていた顔を急に横に背け、一段と声を低くしていった。杉ノ下では、地区民の三割もの人達が犠牲となっているのである。旧家の人達の身に、危難がおよぶのは、十分にあり得ることだった。

（もし、旧家の当主まで難に遭っていたら、由緒ある家系はどうなるのだろう？）

一瞬、そんな考えが胸中をかすめ、隆一は、総本家といわれる家の家族についても、安否を尋ねてみた。すると、その家では、現当主である後継の息子がいて、ほかの家族共々避難できて、いまは仮設住宅で暮らしているという。幾分か、隆一は救われる思いがしたのだが、それは、あくまで、総本家といわれる家と、机ガ森の言い伝えがのこる旧家とが、一致した場合でのこと。そうでなければ、旧家の現当主の無事が確認されたことには、けっしてならないのであった。

5

なにか、すっきりしない気分のまま、隆一が船揚げ場の方に目をむけると、視界に、一本の流木が横たわっているのがみえた。その流木は、長さが十メートル以上はあるかと思われるひょろ長い大木で、ちかくに寄ってみると、幹にのこっていた樹皮から、マツの木であることが分かった。しかも、まるで地面から引き剥がされでもしたかのように、根株がついたままである。明らかに震災の残骸物であるとしれた。

(はて、どこから流れてきたものだろう?)

と　隆一はそう思い、まず机ガ森の方角を眺め、ついで、目前の小高い丘(御伊勢崎にある)を見上げた。丘の海際の端に、潮枯れした茶褐色の樹影にまじって、青いマツの茂りが覗いている。そうした隆一の素振りに気づいたのか、とつぜん漁師が声を掛けてきて、

「机ガ森か、御伊勢浜のものと思うが、もしかしたら、この丘の上にあったマツかもしれないね」

といった。そのあとで、震災当日、漁師は目の前の丘へ駆け上がって、辛うじて危地を脱したことを打ち明けた。驚いたことに漁師は、三・一一の被災者のなかでも、とりわけ過酷でかつ稀有(けう)な体験をした、まさにその一人だったのである。

その体験談とは、要約すればつぎのようなものだった。震災当日の午後、網漁に出てい

た漁師は、海の異変に気づき、慌てて杉ノ下港に戻った。一旦、自宅へとむかうも、津波をみようと引き返し、丘の上へと駆け上がる。十人ほどが一緒だったが、押し寄せてきた大波に、その漁師一人だけが浚われてしまったのである。さいわいにも、そのあと、丘の東側に押し戻され、偶然、海際に巡らされた鉄製の柵に掴ったところを、奇跡的に救助されたのだ。まさに、九死に一生を得るという、死の一歩手前からの生還ではあった。

漁師が話しているあいだ、隆一はいちど、

「『服膺の記』に出ている、あの漁師さんですか？」

と、問っただけである。支所の職員から得た、震災の記録誌『服膺の記』には、まったくおなじ内容の体験記が載っていたのだった。ただ、ことばを挟んだのはそれのみで、あとは黙ったまま漁師の体験談に耳を傾けるばかりであった。さいごに、漁師は、

「神様のお蔭だって、毎朝拝んでるね」

といいのこし、持ち船を繋いでいる船溜まりの方へと歩いていった。

ほどなくして、隆一は帰途に就いた。旧家の人達の消息について、確実な情報を得たわけではない。さりとて、そのまま現地にとどまっていても、よい手立てがあるわけでもなかった。その安否については、後日のこととして、ひとまず波路上を後にすることにした

のである。

数日後、隆一は支所の職員に連絡を取った。頼りとするのは、その職員のほかにはいなかったのである。杉ノ下で、総本家とよばれている家のことを聞くと、

「今日、明日というわけにはいかないが、調べてみましょう」との快諾があった。

それなのに、つぎの日、早速返報が寄せられた。それによると、漁師のいったとおり、やはり、御伊勢浜の旧家は、総本家とよばれている家のことであるとわかった。震災の当日、旧家の現当主である息子が、父親に、より高所への避難を急(せ)かしたのだが、

「なに、大丈夫だ。明治の三陸津波のときも、ここまでは来なかったそうだから」

といい、呼びかけに応じず難に遭ったのである。

「悔やまれてならないのですが、過去の例が仇(あだ)になったということですかね。長年にわたって、地区のまとめ役として尽力されてきた方で、惜しい人をなくしてしまいました」

と、職員は声を落とし、嘆息するようにいった。村誌などには、杉ノ下の旧家の先祖は、近畿地方東部の海辺からきたと記されている。源頼朝麾下の名族のほとんどは、やがては政争でほろび、国内諸所へと散っていった。それらの一流と伝わる杉ノ下の旧家は、その経緯は不明だが、南三陸の地に住み着いて根を張り、名のある旧家として存続しつづけたということになる。ところが、その旧家は、明治二十九年の津波をうけて、高所に移転し

たにもかかわらず、その子孫がふたたび災禍を蒙る結果となったのであった。

さらに、日を置いて、支所の職員からは、地区の住民が発行した『永遠に～杉ノ下の記憶～』と題された、震災の記録集が送られてきた。そのなかに挿入された、一枚の写真が、隆一の目を奪った。それには、机ガ森の上空に、皓々とした満月が浮かんでいる情景が写っていたのである。地区民の誰かが撮ったものに違いなかった。隆一は、自分のような他所の人間が、心を惹かれるのだから、当地の人であれば尚更のことかもしれないと思った。

そして、旧家に遺されたという机ガ森の言い伝えが、いまも、確かにこの地に受け継がれているのでは、と想像された。旧家の先代当主の遭難をしり、痛ましい思いをしたのだが、隆一はなにやら安らいだ心地がした。安らぐといえば、これは、支所の職員とはべつのすじから得たものだが、岩井崎では、荒天の後などには、変わることなく、豪快な吹き潮の光景が見られているという。また、気仙沼の郷土史家も、高齢ながら健在であるとのことであった。

鮪立（しびたち）

1

白地の車体に、赤いストライプ模様の入ったバスが停まった。一人の老婆が降り立ち、すぐに坂の上へと消えていく。そのあとでは、三叉路に人影はなく、森閑とした静寂が支配するばかりであった。辺りを見回すと、路傍に立つ一基の案内板が、隆一の視界に入った。それは、「上二本杉」という巨木の跡地をしめすものである。かつてその場所には、二本のスギの古木が聳え立ち、空を圧するばかりに枝葉を広げていた。樹齢は八百年を超し、二本とも、高さ二十八メートル、目通りが約七メートルあり、一名夫婦杉とも称された旧唐桑町（気仙沼市）を象徴する記念樹であった。

　ところが、平成十一年（一九九九）の冬、強風により西側の幹に亀裂が入ったため、住民の安全を考えて伐採されることになった。作業は、その年の二月十五日から十九日にかけてすすめられ、のち、西株は道路の拡幅のため抜根され、東側の切り株だけがのこっていたのだ。

（あれは、定年まえの冬だったか？）

　ふと、隆一の記憶に蘇ってくるものがあった。案内板にしるされた、伐採作業の日付をみたとき、隆一は現地にいき、実際にその作業を見届けていたことを思い出した。伐採がおこなわれたのは、平日だが、新聞報道でこのことをしると、隆一は休暇を取り、仙台近郊の町から三時間ほど車を走らせ、駆けつけたものだった。

三好隆一は、あと数年で八十になる。七十年を超す歳月を生きてきて、印象深い土地はいくつかあった。父の勤務の関係で、小学生のころから高校を卒業するまでに、隆一は県内の五、六か所の町を転々としていた。また、大学では民俗学の講義を受講し、社会人となってからも、勤務先が文化関連施設ということもあって、調査や視察のため県内の各所を訪ねる機会が多くあった。

そのなかでも、とりわけ忘れがたい土地の一つは、唐桑である。三十代のころまで、就職や結婚、子供の誕生といった節目には、自然に足がこの地へとむいた。たとえば、結婚してすぐの正月と、最初の娘が生まれた際には、妻を伴い、「弾き猿」(竹細工の郷土玩具、厄除け)の縁起物で知られた御崎神社を参拝していた。また、唐桑半島の先端付近に、津波記念館が建ったときには、二人の娘をふくめ、家族四人で見学に訪れてもいた。ある時期まで、ことほどに、唐桑の地は意識から去ることはなかった。

(一体、唐桑への思い入れの切っ掛けとなったのは、なんだったろう?)

そう考えたとき、隆一の脳裏をよぎったのは、ほかでもない、唐桑半島の西の付け根ちかくに位置する一漁村、鮪立集落の存在である。鮪立はカツオ漁の歴史が古く、昭和四十年（一九六五）代ころまで、南三陸におけるその中心地として、盛名を馳せていた。のちには、カツオ一本釣り漁から、マグロ、サケマス漁などへと変遷するが、ながらく、遠洋漁業の根拠地として知られてきた。

隆一は、卒論のテーマに、南三陸地方の漁村を取り上げていた。まず、沿岸漁村を五つの類型に分け、それぞれの代表例となる漁村を、現地への調査行をもとに考察するのである。むろん、漁村の成り立ちや歴史が主となるが、あわせて、生業の実態や習俗についても興味をむけていた。

（最初に、鮪立にいったのは、たしか大島廻りの巡航船のはずだったが……）

大学四年の秋。隆一は、卒論の指導をうけていた助教授の口添えもあり、気仙沼港から対岸の大島を経由して、船で現地へとむかった。

「バスでいったら、気仙沼からの行き帰りだけで、それこそ半日じゃきかないよ」

謹厳で、滅多に笑顔をみせることのない助教授だが、そのときは、どこか隆一を労（いたわ）るような、優しげな表情になっていた。事実、しらべてみると、陸路をバスでいくには、途中に北上高地の山塊が介在していることが分かった。そのため、大きく迂回して険しい只越峠を越え、さらに、外洋の岸沿いに南下しなければならない。

直線にすれば、気仙沼市街と鮪立との距離は、七キロほどだが、只越峠越えのルートを取ると、その二倍ちかくにもなる。そのうえ、「上二本杉」がある宿の集落から鮪立までは、二キロほどの峠道を徒歩でいくことになり、片道だけでも優に三、四時間を要し、助教授のことばは、あながち誇張した表現とばかりはいえなかったのである。ただ、二度目からは　バスを利用して唐桑へむかうこともあった。なぜなら、調査行に際しては、現地を探訪するだけではなく、関連する資料類を、役場や漁協を訪ねて収集しなければならなかったからだった。

それらは、「上二本杉」が聳える中心集落の宿地区周辺にあり、バス停とも近いうえに、また気仙沼への最終便も遅くまであって、バスを利用した方が便利なこともあった。「上二本杉」のある、その三叉路は、隆一が調査行の行き帰りに、バスを乗り降りした場所である。夕暮れ、バスの到着を待っていると、女達の一団が、宿浦港からの坂を上ってくることがあった。

カキ処理場からの帰途とは思うが、歌い、また、賑やかに囁き交わす声が響き合う。その一団が通り過ぎると、三叉路周辺は、急に暗さを増す。頭上には、幾層ものスギの枝葉が覆いかぶさり、日中でも薄暗い界隈は、漆黒の闇につつまれていく。その暗闇のなかに、一人佇んでいると、自分がまるで半島に閉じ込められているような、奇妙な閉塞感にとらわれることがあった。

2

（なんて、奥まった土地なんだろう）

船着き場に下り立ったときの、隆一の実感である。鮪立港は、標高二百メートルあまりの早馬山（はやまさん）を背に、三方を高台にかこまれ、対岸には、港を塞（ふさ）ぐように大島の島影も望まれた。家並みは、早馬山の斜面や湾奥の低地にあつまり、百八十戸ほどの集落をなしていた。隆一は、その中から、遠洋漁業に携（たずさ）わる家をえらびだし、生業の実態や、年間の生活暦を聴取する作業をすすめていった。

鮪立へ入った初日。午前中訪問した一軒に、小出（こいで）家があった。

「漁村調査にきた者です」

と隆一が来意をつげると、応対に出た主婦は、一瞬、息を止めたように口を小さく開けたのち、

「学生さん？」

と短く声を発した。隆一がうなずき、隣県にある大学の名をあげると、主婦はにわかに表情を崩し、手招きして居間に招じ入れようとする。年配は四十代だったろうか。大柄なひとだが、顔色は青白く、どこか病み上がりを思わせるようで、勝れなかった。隆一は遠慮して、広い土間と居間とを仕切る上がり框（がまち）に腰を下ろした。

居間には囲炉裏が切ってあった。すでに、炭火が赤々と熾きていて、黒光りする鉄瓶からは、白い湯気が噴き出ている。主婦は流し場へ立ち、小皿にナスの漬物を盛ってくると、隆一に茶をすすめた。そのあと、炉端の向かい側に端座し、なにやら思案げにしていたが、やがて意を決したように、

「じつは、家にも、大学にいってた息子がいたものですから」

と切りだした。

「もう卒業してるんですか?」

と隆一が聞きかえすと、主婦は、

「いえ、それが休みで家に帰ってきたとき、カキの収獲作業を手伝っている最中に、海に落ちて溺れてしまいましてね」

と意外な惨事を打ち明けた。さらに、

「そのとき、私の父と一緒だったんですが、二人とも駄目でした。生きていれば、年恰好も似ているので、つい声を掛けたくなりましてね」

とつづけた。

気仙沼周辺の内湾では、カキ養殖は、筏台から種ガキをロープで吊り下げる、垂下方式を取っていた。収獲期に、そのロープを手でたぐり上げる作業は、きついうえ、非常な危

険を伴うものだった。全身を覆うゴム製の胴長（作業着）も、かなりの重量があり、身体の自由を奪いかねない。それらが重なって、父と息子が一緒に溺死するという悲劇を生んだものと思われた。

初対面の主婦からの、とつぜんで、しかも深刻な打ち明け話である。隆一は相槌も打ちかねて、ただ耳を傾けるほかはなかった。が、小出家を襲った悲劇は、これだけではなかったのである。それも、主婦の父と息子の死の二年後、今度は主婦の夫が、海難事故で遭難死したのである。それは、小出家の生業について話がおよんだ際のことだった。隆一が、

「お宅では、ずっとカキの養殖をつづけてきたんですか？」

と問うと、主婦ははっきりした口調で、その更なる悲劇を明かした。

「いいえ、そうじゃありません。家では、私の夫もそうでしたが、父の代からカツオ船に乗ってきました。ところが、カツオ漁も先細りになったので、マグロ漁に替わったんですが、六年まえ、夫が乗り組んでいた船が、千葉の銚子沖で暴風に遭い、沈没してしまいましてね。そのとき乗っていた十八人の人達は、それっきり行方不明のままです……」

六年まえといえば、それほど遠い過去ではない。心痛の感情は、生なかたちで跡をとどめているにちがいない、と隆一は思った。遭難時、激浪のため舵を破損し、浸水が甚だしくSOSを発信したのち、「全員下船サヨウナラ」との打電があったという。合同の葬儀も

すでに実施されていて、隆一が訪問したその年には、七回忌の法要もおこなわれていたのだ。

立てつづけに、小出家に災いした、二つの危難について語り終えると、主婦はつと立ち上がり、居間の奥にある仏壇へとむかった。灯明が点され、小さな金属音がしたのち、やがて、かすかな線香の匂いが漂ってきた。拝礼をすませ、炉端にもどってくると、主婦は、

「よかったら、家の息子と会ってくれませんか」

といい、訴え掛けるような目で、隆一をみた。

「えっ」

と隆一は、小さく声を洩らしてしまった。

(息子さんは亡くなっている筈なのに、どういうことなんだろう?)

不審に思い、主婦に視線をむけると、すぐに、

「家には、もう一人息子がいるんですよ」

との答えが返ってきた。ついで、主婦は、少し頬を歪ませつつ、

「鮪立には、調べものにきたということですが、私の次男も、上の息子と一緒に、唐桑の土地や歴史について、ずいぶん興味をもって調べていました。お役に立つことがあるかもしれません。今日お会いしたのも、なにかの御縁かと思われます」

といった。その後の会話の中で、隆一は、主婦の長男の名前は久（ひさし）、次男が保（たもつ）といい、兄弟は、一つ違いの年子であることをしった。下には、一人の妹がいる。次男は、隆一よりは年上で、三歳ほどの年齢差があった。地元の高校を卒業後、家業のカキ養殖を継ぎ、ときには、磯漁や漁協の臨時雇いの仕事もこなして、父亡き後の小出家の生計を担っていたのであった。しかし、保さんには、高校生のころから、県の水産研究所に勤める志望があり、目下、採用試験に備えているところだという。

3

その日の午後。隆一は、再訪した小出家の居間で、次男の保さんと対面した。彼は朝から、漁協の仕事で、隣の小鯖港へ出掛けていたのだが、昼休みに鮪立へもどり、そのまま休暇を取って、家の仕事をする予定になっていたのである。

「唐桑の歴史について、ずいぶん詳しく調べられたそうですね」

と隆一は話し掛けた。すると保さんは、かすかにはにかんだような笑みを浮かべた。主婦からは、わずかとはいえ、事前に彼のことを聞かされていた。また、保さんは職場こそ違え、地方事務所を回っていた、隆一の父と同じ県の職員を志望しているというのである。会うまえから、隆一は親近感を覚えていた。それが下地にあったためか、

「お兄さんも一緒だったそうで」

と、つい、亡くなった、保さんの兄のことを口にしてしまった。が、保さんは一向に気に留める様子もなく、

「母は、兄のことまで言ってたんですか」

と苦笑しながらも、ことばを継いだ。

「詳しいといっても、私は、兄の後を追っ掛けていただけなんで、負けたくないっていう気持ちが先走っていました。弟の自分がいうのも変ですが、兄は勉強もよく出来て、大学へまで進みました」

といい、隆一が大学の名を問うと、仙台にある国立大学の名を挙げた。そして、一旦言い淀んだのち、

「私も、一時は、大学進学を夢見たこともあったんですが、一軒の家から、同時に二人も大学へいかせるなんて、土台無理というもので。ところが、その兄が大学に入ったその年、地先の海で溺れ死んでしまったんですよ。口惜しいという思いばかりでしたね」

と不慮の事故に遭った、保さんの兄の死について触れた。そう語るとき、両の目は、宙の一点を見据え、なにか思い詰めているようにもみえた。

主婦に似たのか、保さんは上背があった。顔立ちは整い、濃い眉毛と、切れ長で、意志

のつよそうな眼差しに特徴があった。白っぽい半袖の上着を着ていて、それが、ほどよく日焼けした肌の色と和していた。三歳ぐらいの年齢差とあれば、同年輩といっても不思議ではない。ところが、保さんの物腰には、まるで隆一の及びもつかない、大人びた落ち着きがあった。

それは、たぶんに、保さんの境遇が影響しているのでは、と思われた。彼はつぎつぎに肉親を亡くし、年若くして、母と妹を抱え、一家の生計を担う立場となった。意に沿わなくとも、種々の世事をこなさざるを得ず、おのずと、年齢以上に老成した物言いや仕草が備わることになったのかもしれない。

挨拶がすむと、話題はカツオ漁へとむかった。江戸時代中頃の延宝三年（一六七五）、紀州の漁民により、当地にカツオの一本釣り漁が伝えられた。招いたのは、鮪立浜の有力者勘右衛門とされる。入港したのは五隻で、乗員も総勢七、八十人ほどいたという。その漁法は「溜め釣り漁」といい、これまでみたことのない技術を伴うものだった。そのころ、唐桑半島の近海には、カツオの回遊はあったものの、二十年来、本格的な漁獲はされていなかった。

ところが、紀州の漁民が伝えた「溜め釣り漁」は、生きたイワシを餌として魚群に撒き、舷側ちかくに寄せ集めては、それを一本竿で釣り上げるという仕法である。従来なされていた、カツオの群れを追いかけて釣るのにくらべ、はるかに効率がよく、画期的なものだった。

「祖父からも聞かされてたんですが、この遣り方だと、一日に二、三百本もの水揚げがあったそうです。それで、乗組員の分け前も、二週間ほどで一両（現在の十万円ほど、江戸初期の米価換算による一説）もの大金になったというから、浜の人達は、本当にびっくりしたと思いますよ」

「溜め釣り漁」について、その具体的な中身におよんだとき、保さんは心持ち早口になった。さらに、

「ずいぶん、抵抗もあったそうですね」

と、勘右衛門のこころみへの反発について触れると、口調にも熱がこもってきた。

当時、鮪立を除いた唐桑の各浜では、紀州流の漁法に対して、肝入役などの有力者が反対の声を上げげた。その理由は、大勢の外来者のために、飯米や薪（鰹節製造のため）も余分に必要となり、村人の暮らしに支障が出るというものだった。これら、紀州船到来の由来や、その後の経緯については、隆一にも、おおよその知識はあった、それは、Uという民俗学者が編んだ、『陸前唐桑の史料』という著書から得たものである。

保さんが、祖父から聞かされたという、カツオの一日の水揚高や、乗員の分け前につい

ての挿話も、じつは、その書に収録された、古文書のなかで紹介されているものであった。とすると、保さんの祖父は、郷土史について、それなりの見識の持ち主であり、保さんや彼の兄も祖父の感化を受けたのであろう、と隆一には想像された。

「それにしても、見事なものでしたね」

「勘右衛門の対応のことですか？」

「ええ、気仙沼の大肝入所に出頭して、代官に対し、紀州船がもたらした、さまざまな恩恵について説明し、反対者の訴えが不当であると、堂々と主張したそうですね」

4

訴訟騒動の際、勘右衛門は、一つ一つ例証を挙げて、訴人への反論をこころみている。たとえば、飯米の余分な消費については、米価が上がれば農家が助かり、また、薪についても、山林の持ち主の収入となる。結果として、「溜め釣り」の漁法を身に付ければ、収入も増え、子孫末代までの「重宝（ちょうほう）」（大切な宝物）である、と。隆一のことばが、呼び水となったのか、保さんはすこし間を置いたのち、

「三好さんに、いわれるまでもなく、勘右衛門の功績は、大きかったと思いますよ。地元で漁師をしている者として、なにかこう、誇らしい気持ちになりますね」

といった。それにつづけて、いまや三陸有数のカツオ漁の根拠地となった、鮪立港の立地の良さを口にした。外洋ちかくにありながら、入江状で波静かな鮪立湾は、漁船の停泊に適していること。水揚げされたカツオは、おもに鰹節に加工されるが、その際必要となる用水は、付近の沢水や各家の井戸水から豊富に得られ、また、燃料の薪は、背後の山林から入手できて不自由しない。

「カツオ船の船主の家では、それぞれ鰹節の加工場や、用水を得るための井戸を、自前で備えていますよ」

いつか、保さんの顔は上気し、生き生きとした表情に変わっていた。

「出漁したカツオ船が、港に帰ってくると、それぞれが船主の家の前、つまり鰹節工場の前に停泊するのですが、これが見ものでしてね…」

保さんは、途中でことばを切った。どこか、自分が饒舌になりかけていることに気づき、それを恥じているかのようにもみえた。が、すぐに、隆一を見詰めかえし、カツオ船の帰港時にみられる、一つの習わしごとについて触れた。

それによると、大漁をしたカツオ船が入港するとき、湾の入り口から、「大漁唄(だい)い込み」を歌いはじめるのだという。歌い手は、声の良い船頭で、ほかの乗員は、一斉に囃し言葉を掛け合って、これに応じる。歌詞は十五節(ふし)まであり、その中の何節を歌うかによって、漁獲した量を、港で待機する人達に発信するのである。たとえば、カツオを五百尾釣れば、七節を歌い、千尾以上は九節、満船であれば十一節、という具合になる。これをうけて、鰹節の加工場では、カツオを煮る釜を何個用意すべきかを判断し、作業の手筈を整えるのであった。

鮪立湾は、小判のようなかたちを呈している。そのうえ、三方は高台に囲まれた地形をなす。威勢のよい歌声と掛け声は、木霊となって湾内に響き合い、一層の高まりをみせたにちがいない。港には、大勢の人達が押しかけて、カツオ船の着船を待ち受けている。

「三好さんにも、ぜひ見て貰いたいものですね」

そう言って、保さんは話を締めくくった。大漁に沸き立つ、船着き場の賑わいを思い浮かべているのか、その眼には、なにか物に憑かれたような熱っぽさが垣間見えた。

カツオ漁の話が一段落すると、隆一は、保さんの案内で、鮪立港周辺の散策に出た。船着き場の背後には、急な石段を登ったさきに、八幡神社の小さな殿舎が鎮座していた。境内の一角に立ち、船着き場の方向を見下ろすと、鮪立港の全景ばかりか、対岸の大島までもが視界に入った。

「眺めのいい所ですね」

思わず隆一が声を上げると、脇から保さんが口を挟んだ。

「ここからの眺めも悪くはないですが、早馬山の頂上からだと、大島どころか、大船渡や高田の方までが一望の下に見渡せるんですよ」

「大船渡や高田というと、岩手県ですよね」

「ええ、そうなんです。只越峠を越えると、すぐその先は岩手ですから。ただ、ここからは角度の関係で、早馬山の頂上がどこなのか分かりませんがね」

そういいながら、保さんは、八幡神社の裏につづく斜面の方角に目を遣った。頭を回し、保さんのしめす山腹を見上げると、一帯にはスギなどの木々が生い茂り、どこが山頂なのか、まるで見当がつきそうにない。

「登り口は、このちかくにあるんですか?」

「遠くはないのですが、途中は山道がつづいて、地元の人でないと、かなりきついと思いますよ」

隆一には、保さんのいう、早馬山からの眺望を確かめてみたい気持ちがあった。海辺の土地で育ちながら、隆一はこれまで、何百メートルもある高所から、三陸の海岸を眺め渡した体験は、一度もなかったのである。

「保さんは、早馬山には何度も登ってるんですか?」

「いや、そんなに度々というほどではないけれども、登るときは、いつも兄と一緒でした」

「頂上から見る景色は、またべつなんでしょうね？」

「ええ、景色がいいだけではなく、色々と気づかされることもありました……」

保さんは、そう言い掛けたあと、しばし押し黙っていたが、やがて、

「中学や、高校の授業でも習ってはいたのですが、この唐桑を含めて、三陸の海岸部がいかに平坦な土地が少ないかなど、つくづく実感させられましたね」

と声をひくめ、嘆息するように呟いた。むろん、隆一の中にも、それが、三陸地方を語るうえで欠くことのできない、地形面での特徴である、との知識はあった。いわば、この地方の負の側面とでもいうべきものである。ほかに挙げるとすれば、六月から七月にかけて吹くヤマセ（冷湿な北東風）や、複雑な海岸線をみせるリアスの地形（スペイン、ガリシア地方の入江の名称リアに因む）ということであろうか。ヤマセは冷害を招き、また、リアス海岸のV字状をした湾では、津波の襲来時には、湾奥にいくにつれて波高が増し、被害を拡大して、共に沿岸の人々に苦難を強いてきた。とりわけ、平地、つまり農耕地が乏しいということで、勢い当地域の人々は、海に活路を見出さざるを得ないということとなった。だが、それはそれで、もう一つの負の側面でもある、海難事故の多発の歴史へと繋がっていったのである。

早馬山からの眺望について、会話を交わしたあと、隆一は小出家にはもどらず、保さん

とは、鮪立港の岸壁で別れの挨拶をした。別れ際に、保さんは、

「母からも聞いたでしょうが、私は、漁協で臨時働きをしながら、県職員の採用試験を受けて、水産研究所に勤めたいと思っています」

と、改まった口調で、自身の進路についての志望を語った。

「これからの漁業は、とるだけでは駄目なんですね。カキやワカメ、ホタテなど、養殖の方にもっと力を入れなければ、と考えています。私の兄も、おなじ考えでした。大学では、水産関係のことを研究したいと言っていました。できれば地域の人達に、直接役に立つような仕事をしたいものだと。私も、今はカキ養殖を家業にしてますが、いずれ切り上げるつもりです……」

静かな声音（こわね）だが、隆一を直視した両の眼は熱を帯び、表情には、大漁のカツオ船を迎える光景について語ったときのような生気が感じ取れた。

5

（これが、鮪立の集落だというのか？）

鮪立港の岸壁に立ったとき、隆一の視界には、目を疑うような光景がひろがっていた。

かつて、巡航船の船着き場を中心に、岸壁の背後に、びっしりと軒をつらねていた家屋は

見当たらず、辺りは一面の更地と化している。

三・一一の震災時、鮪立地区では、四十戸ほどが罹災したという。そのほとんどが破壊されるか、流失の憂き目に遭い、港の後背地は、壊滅したも同然の惨状を呈していた。被災後の、七年が経った秋。隆一の目前では、防潮堤の建設で稼働中なのか、黄色とオレンジ色の巨大なショベルカーが二台、忙しげにエンジン音を響かせているばかりで、岸壁一帯には、まるで人影が見当たらないのである。

五十年以上もの昔、当時訪ねていった小出家は、集落の西端に位置し、屋敷の真うしろには小高い丘が控えていて、目につきやすい場所にあった。が、その界隈は、いまだに瓦礫が散乱していて、家屋の土台跡さえさだかではない。

(せめて、屋敷の跡ぐらいは確かめたかったのだが……)

と隆一は落胆した。宿地区の「上二本杉」を訪ねてから、鮪立港へとむかうとき、隆一には、二つの目的があった。一つは、震災後の、鮪立地区の現状を確かめること。さらには、漁村調査で訪問した際、世話になった小出家の屋敷がどうなっているのかを確認し、同時に、保さん親子の消息をしることであった。しかし、地元の人に尋ねようにも、視界には、稼働中のショベルカーが動いているほかに、まるで人の気配がしないのである。

(あれは、三年後だったろうか?)

岸壁に立ち、早馬山の山麓の方角に目を遣ったとき、隆一の脳裏に、ふと、小出家を再訪した日のことがよみがえってきた。海での事故がおおかった唐桑では、隆一が訪ねていった年からほどなく、町の企画により、遭難者を悼む慰霊塔が建立された。その場所は、早馬山への登り口付近の墓地に沿っていた。

やはり、新聞の報道によるものだが、そのことをしると、隆一は休暇を取り、ふたたび鮪立へとむかった。隆一の中には、海難事故の遺族であった保さん兄弟のことが、消しがたい記憶として刻み込まれていたのである。海難慰霊塔を訪ねた日。その足で、小出家に立ち寄った。折悪しく、保さんは外出中で不在だったが、再会した彼の母は、こざっぱりした紺色の上着を羽織っていて、以前よりかふっくらとして、どこか若やいだ感じさえした。

「わざわざ、家に寄っていただくなんて」

隆一が、海難慰霊塔を訪ねた帰りだというと、保さんの母は、心底驚いたという表情をみせた。一通り、挨拶がすむと、保さんのことに話がおよんだが、途中で、居間に一人の若い娘が入ってきた。小づくりで痩身。初対面のせいなのか、ひどく遠慮がちで、色の白い細面の頬に、気恥しげに笑みを湛えていた。

「挨拶して、とみちゃん」

と保さんの母に促されると、

「初めまして、とみえです」

と彼女は小さく口を開け、ひくく頭を垂れて会釈した。

最初、隆一には、彼女は保さんの妹ではないか、と思われたのだが、意外にも、彼の婚約者だったのである。二人は、翌春、気仙沼市内で挙式する予定になっていたのであった。

その日は、岩手県に在住する、保さんの母の妹に伴われて、小出家を訪問中であった。

「私のお気に入りなの」

と、保さんの母は、悪戯っぽく微笑んだ。そのあとで、傍にならび、自分に寄り添うように膝をついている、息子の婚約者へと視線をむけた。その横顔には、はじめて小出家を訪ねた際に、隆一がみることのなかった、満ち足りた表情が浮かんでいた。保さんの母によると、彼の婚約者は、大船渡の西方にある住田町に住んでいた。住田は、保さんの母の妹の嫁ぎ先でもあった。その婚家は、土地の旧家で、保さんの婚約者は、その家の縁者の娘だといった。

「私以上に、妹が気に入っていて、訪ねていくたびに、私に会わせてくれていたんですよ」

保さんの母の打ち明け話では、彼女の妹は、なかなかの実家思いで、常々、保さんのことを気に掛けていたのであった。その年のお盆に来訪した際にも、婚家の知り合いであり、やがては婚約者となるその娘を、結婚相手としてつよく推したのだという。

「保には、早く身を固めさせてやらないとって、あまりに、妹が急(せ)かすものだから」

そう、保さんの母は、妹のことに託(かこつ)けてはいたが、はしなくも、自らの胸の内を吐露しているのでは、と隆一には察しられた。あわせて、奇禍により、相次いで夫と父、さらには、跡取りの長男までも亡くすことになった、不幸つづきだった彼女の心情に、思いが至った。


その日、隆一の訪問時には、生憎ながら、不在だった保さんとは、再会することができなかった。が、保さんの母の口から、彼は、隆一が小出家を訪ねた翌年の夏、無事に、県職員の採用試験に合格していたことをしらされた。さらに翌年の四月には、気仙沼市内にある水産研究所に、自宅から通勤しているというのであった。

　そのことをしったとき、

（とうとう、念願を果たすことができたんだ）

と、隆一は、心から、保さんの合格を祝う気持ちになった。同時に、はじめて鮪立を訪ねた日。別れ際に、保さんが発したことばが思い出されたのであった。鮪立港で、別れの挨拶を交わしたとき、保さんは口調を改めて、将来の漁業のあるべき姿について、自身の抱負を語った。

その一つには、養殖に力を注ぐべきであること。また、これは彼の兄との共通するものであったが、自分の住む地元に、直接役に立つような仕事をしたい、と心中の思いを打ち明けてくれていた。それが、念願の水産研究所への就職を果たしたことで、自らの進路にふさわしい位置がさだまった、ということになる。くわえて、まもなく、生涯の伴侶を迎えようともしているのである。じつに喜ばしいかぎりではあった。

ただ、そうした保さんへの祝意を抱く一方、気仙沼港への帰りの船中では、隆一の胸の奥底に、それとは異なったべつの感情が兆(きざ)していた。いま、そのころを振りかえってみると、隆一の心底には、保さんの現状を喜びつつも、それを羨む気持ちが綯(な)い交(ま)ぜになっていたのでは、と思われる。それとともに、なにか当時の自分の有り様を悔やみ、それを否とする心情が、微妙に蟠(わだかま)っていたのかもしれなかった。

というのも、保さんに反し、隆一は、大学を卒業したものの、すぐには就職がきまらず、ようやく半年後に、指導教官だった教授の世話で、臨時採用の口にありつくという始末だった。職場は、ある財団法人の傘下に属する、文化関連施設の一つだった。仕事は史料調査が主であり、そのこと自体には、不満はなかったのだが、なにしろ、年度途中で、しかも臨時採用の身であった（のちに、常勤職へ）。

職場の事情もあり、その後もしばらくは、身分上もさだまらず、自らの進路については、転職することをふくめ、思い惑うままに推移していたといってよい。鮒立の小出家を再訪した日。保さんの消息をしって以来、隆一の中で、彼について、しだいに関心が薄れていくことになった。その理由には、保さんと自分とを対比させ、彼を縁遠い存在として位置づけ、それに距離を置こうとする心理がはたらいていたのかもしれなかった。

事実、隆一は、その後、小出家に足をはこぶことはなかった。自然、保さんの消息についてては、以後、なに一つとして、耳にすることもなくなっていた。県庁に在職していた、隆一の父が存命していればべつかもしれなかったが、その父も定年で退職後、まもなく世を去っていた。

しかし、唐桑の地には、その後も何度か訪れている。やはり、隆一にとって唐桑は、忘れ難い土地であることに、すこしも変わりはなかったのである。鮒立をふくめた唐桑の地は、この世に生きることへの畏れを抱かせる、過酷な現実があるということ、それを自覚させられた場所であった。

6

どれほどの時間が経っただろうか。保さん親子にかかわる、過去の記憶から覚めたとき、隆一の視野に、二つの人影が捉(とら)えられた。その人影は、湾の西端から、岸沿いにゆっくりと近づいてくると、やがて、岸壁にいる隆一を認めたのか足を止め、声を掛けてきた。

「どちらから、来られたんです？」

二人連れは、地元の漁師と見て取れた。最初にことばを掛けてきた漁師は小肥りで、丸顔の愛嬌のある顔立ちをしている。もう一人は、痩せて長身。面長で、精悍な風貌をしていたが、短く刈り上げた頭髪には、白いものが目立っていた。二人とも老齢で、隆一とは同年配かと思われた。

そんな気安さもあり、隆一は、小太りの漁師にむかい、五十年ほどもの昔、学生だったころに鮪立にきたことがあり、三・一一で被災後、どのような変わり方をしているか、それを確かめたくて訪ねてきている、とつげた。すると、小太りの漁師は、

「それはまた、随分と遠い昔じゃないですか」

と、両目を見開き、さも驚いたという表情になった。そのあとで、

「せいいちさんよ、五十年まえというと、私らはそのころ何をしていたっけかな？」

と、傍らのもう一人の漁師に対し、呼びかけるように視線を送った。すると、長身の漁師は、

「何をしていたかもなにも、とくちゃんよ、二人とも遠洋漁船に乗り組んでいたんだ。年から年中、海の上での暮らし。そういうほかはないよね」

と、やや自嘲気味に応じるのだった。

　これは、その後の会話で知り得たことだが、とくちゃんと呼ばれた漁師は、中学を出るとすぐに、カツオ船の見習夫となった。のち、三重や高知など各地の漁港を根拠地に、カツオ一本釣りの船員としてはたらき、最後は漁労長として、漁を取り仕切る役を務め上げたという。一方のせいいちさんは、とくちゃんより二歳年長で、地元の高校を卒業後、機関助手として、遠洋マグロ漁船に乗り組んでいた。その後、機関長へと昇進し、こちらは、国内ばかりか、太平洋沿岸の他国の港にも寄港したという、なかなかの事情通でもあった。

　二人に共通しているのは、ともに遠洋漁船に乗り組んでいたことだが、そのほかにも、現役を退いてからの身の処し方に、相通じるものがあった。当地域の男達は、幼少のころは磯で遊び、成人後は漁船に乗り、老境を迎えてからは、ふたたび磯にもどって磯漁で暮らすと、そう言い習わされてきたという。

　小太りの漁師、つまりとくちゃんともう一人のせいいちさんとは、まさにこの言い習わしを地で行くような、その典型ともいうべき生き方をしてきたのだった。

「ええ、いまでも、海の荒れない日をえらんでは、漁に出てますよ。しかし、タコやアワビにしても、口開け（くちあ）といって、とれる時期に制限があるし、せいいちさんも私も、これで生計を立てるなんて、考えてもいません。只、じっと動かないでいたのでは、体が鈍（なま）ってしまうだけなんでね……」

　こうした、老後の処し方について話すとき、とくちゃんの顔には、まるで無邪気な子供がみせるような、嬉々とした笑みさえ浮かんでいる。生来の話好きなのかもしれなかった。そうしたとくちゃんの応対ぶりに、隆一の胸底にひそんでいた、被災地の人達へむけた気遣いも、いささか緩むことになった。その会話のながれに沿いつつ、隆一は、三・一一当日のことについて、そっと話題を転じてみた。

　すると、とくちゃんは、すこしの拘りもなく、

「ええ、あの日は、私もせいいちさんも、二人とも自宅にいましたよ」

といいながら、右手を挙げて、岸壁背後の遥かな高みを指でしめした。高台には、早馬山の頂上の方角に、夥しい数の家々が、上下幾層にも重なり合っている。

「ほら、あの黒瓦の二階建が私の家で、二軒隣のこれも黒瓦の二階家が、せいいちさんの家」

　隆一には、すぐには見分けがつかず、繰りかえし示されることにはなったが、やがて、急な斜面の一角に、ひと際目立つように建つ、黒瓦の二階家を認めることができた。いわゆる唐桑御殿と称される、豪華な木造の家宅である。とくちゃんは、震災で被災したこともあり、「昔ほどは多くはないですよ」といい、

「一航海終わると、どうしても、ゆっくり寛ぎたい気持ちになるもんでね…」

と、御殿造りが盛んになった背景の一端についてもふれた。ついで、津波の襲来時の様子については、

「地震のあと、テレビで、津波警報が出ているのがわかっていたから、家の庭に出ていたんですよ」

と、当日、津波に襲われた鮪立港の船着き場一帯の、緊迫した状況の目撃談を語ってくれた。それによると津波は湾の南の入口から、南東の岸沿いに、反時計回りに湾内に浸入してきたのであった。そのあと、港の背後の高台に突き当たると、急に勢いをなくし、坂の上り口付近から引いていったという。

ところが、津波が押し寄せてくるというのに、岸壁には、まだ人影が見えたというのである。

「離れてはいたけれども、女と男が、一人ずつでした。思わず、大声で叫んだんですが、あんな高い所からなので、聞こえなかったのか、二人には避難する気配がない。もう、気が気ではなかったですよ。しかし、まさにそのときでした。巡回中だった、消防車の呼びかけに気づいたのか、二人は高台へ駆け上がって無事でした…」

途中、とくちゃんは、ほっと息を吐くように話を中断した。その横顔には、なにか悪い

夢から覚めでもしたかのように、一瞬、暗い翳が走った。その表情には、はじめて会話を交わして以来、とくちゃんが絶やすことのなかった、屈託のない笑みが消えていた。

「あとで聞くと、岸壁のちかくでは、運悪く、逃げ遅れた人もいたんですよ」

「何人ぐらいの方が犠牲になったんですか？」

「そう、この地区では五人ほどで、鮪立全体では、十人を超えてましたね」

つづけて、襲来した津波の波高について問うと、とくちゃんは、高台の左手方向を指差して、

「あの坂の上り口に、赤い矢印の付いた電柱が見えるけれども、あれが、津波の高さだと聞いてますがね」

といった。とくちゃんが示す、高台の方角に眼をむけると、坂の上り口の上に、一本の電柱が立っているのがみえた。その電柱の上部には、天辺からすこし下方に、確かに赤い矢印が標示されているのが見えた。

震災後に、隆一がしったことだが、電柱の高さは、概ね十三メートルから十六メートルほどと聞いている。とすると、鮪立港に押し寄せた津波の波高は、十メートルは超していたと思われる。気仙沼市のハザードマップによると、鮪立と隣り合った小鯖地区では、最高到達点は十二メートルを超えた表示がされている。鮪立港は、入江は小鯖港より奥行き

があり、最高到達点は、もっと高かったのではと推測される。いずれにしても、十メートルを超す巨大波が、鮪立港の岸壁一帯に襲来していたものと想定された。

7

おもには、とくちゃんとではあったが、会話が一段落したとき、稼働していたショベルカーの音が途絶えていた。思いのほか、時間が過ぎていたのかもしれない。隆一は二人に会釈して、一旦、岸壁に止めていた車へともどり、エンジンを始動させた。運転席のメーターパネルをみると、デジタル時計の数字は、午後二時を切っていた。走行距離は、一四〇・二キロをしめしている。朝の九時過ぎに、仙台近郊の自宅を発ち、鮪立まで走ってきた距離である。

日はまだ高かった。とはいえ、すでに秋口のこと。帰りは、三陸自動車道を経由する予定だが、急がないと、途中からライトを点けて走ることになる。

「暗くならないうちにね」

と、出がけにも、家人からは、くどいほど念押しされていた。

隆一は、日中に車に乗るのは、さほど苦にはならないのだが、夜は対向車のライトがひどく眩しくみえ、ときには、危険を感じることもあった。そのため、夜間の運転はなるべく避けるようにしていた。むろん、長距離の運転も辛くなっていて、今回の鮪立行が最後になるのでは、との思いもあった。が、肝心の保さん親子の消息が不明なまま、帰路に就くわけにはいなかった。

船着き場にもどると、二人は、岸壁に積み上げられたコンクリートブロックの一角に、並んで腰を下ろしている。目の前には、三隻の小型船が繋がれ、波間に揺れていた。紺色のが二隻、もう一隻は明るい黄緑色をしている。どれも、船体に塗られたペンキは真新しく、三隻とも、震災後に新造されたものとみえた。

そばにちかづくと、隆一は、間を置かず、

「もう一つ、ぜひ教えて貰いたいのですが…」

と切り出した。すると、二人は怪訝(けげん)そうな目をむけたが、いちはやく、とくちゃんが、

「なんでしょう」と、それまでの和らいだ表情を変えず、隆一の申し出を引き取ってくれた。

そこで隆一は、かつて鮪立を訪ねた際、小出家の親子に世話になったことを告げ、そのあとで、震災で同家の親子がどうなったのか、またその後の消息も知りたい旨を、手短に伝えた。保さんについては、漁協で、臨時働きをしながら、県職員の採用試験を目指していたこと。合格して、市内の水産研究所に勤めたこと。もちろん、保という名前にくわえ

て、さらに、今なら八十歳ちかくになるはず、とその年恰好についても言い添えた。

狭い集落内のこと。しかも、年齢は、とくちゃんやせいいちさんの同年輩、ということになれば、おのずと範囲は限られてくるはず。二人は、即座に反応をみせた。

「小出家っていったら、岡屋敷だよね」

と、まず、とくちゃんが、小出家の通称らしい呼び名を、そっと呟いた。

「岡屋敷なら、俺の同級生の久の家だ。あいつは、早くに亡くなったが、保はその弟だ。しかし、俺の口から、同級生の家の不幸ごとをいうのも、なんか気がすすまないな」

と、くぐもった声音で、せいいちさんの躊躇(ためら)っている気配がする。

「保なら、とくちゃんと同級じゃないか」

「いや、違うよ。保さんは、俺より学年がうえの上級生だよ、仙台の近くからきたというんだから、ここは、せいいちさんに語って貰うしかないな。このまま、帰すわけにはいかないしな」

二人だけの、低い声での遣り取りだが、隆一には、その内容が推察できた。二人とも、保さんとは旧知であり、隆一がもとめた問い掛けに対し、互いに譲り合っていたようである。が、つまりは、年嵩のせいいちさんに、その役が落ち着くこととなった。

話を聞くまえから、隆一にはすでに、保さんの身に、只ならない難事が及んでいたのでは、と予感はされた。話好きで、陽気だったとくちゃんが、にわかに口数を減らし、ときおり、ちらと隆一を一瞥する視線に、どこか不安げな表情が垣間見えていたのである。

さらには、それこそ直截に、せいいちさんが、口の端に上せた、

「同級生の家の不幸ごとをいうのも、気がすすまない」

という下りが、隆一の神経を刺激した。覚悟をきめたのか、せいいちさんは、自分の横に隆一を腰掛けさせた。右隣（となり）には、とくちゃんが腰を下ろし、隆一を中に、三人が並んで、秋色の萌した鮪立港を望むかたちになった。

真横に座ったため、正視できなかったが、初対面のときより、せいいちさんの顔には、深く皺が刻みこまれていて、肌の色も、一層赤黒く潮焼けしてみえた。最初、せいいちさんは、しばらく沈黙をつづけていた。が、やがて、静かな口調で語りはじめた。

まず、小出家の親子の消息についてだが、保さんの母は、三・一一の三年ほど前に、すでに亡くなっていた。九十歳を超え、老衰による死ということだった。保さんは、というと、三・一一の二日後、気仙沼市内を流れる、神山川の上手の田圃の中で、溺死体で発見されていた。

保さん親子の死をしったとき、隆一は、保さんの母は高齢になっていたはずで、それなりに頷けることだった。保さんの被災死のことでも、

（もしかしたら？）

という一抹の思いが、ないわけではなかった。実家のある鮪立にいればもちろん、鮪立ではなくとも、気仙沼湾の縁辺のどこかにいれば、被害に遭うことは、十分に考えられることだった。

隆一の脳裏には、巨大な何層ものうねりをなして、湾内に流れ入ってきた、津波の猛威を伝えるテレビの映像が、いまだに消えずにのこっている。それゆえ、保さんの死をしったとき、推測が現実となったことで、

（やはり、そうであったか）

と、驚きつつも、どこかにそれを諾う感情が伴うものだった。しかし、せいいちさんの口から、当時の保さんの暮らしぶりについて聞かされた時は、にわかには信じ難く、まったくの驚きでもって受け止めるほかはなかった。

8

その暮らしぶりのことだが、保さんは、妻とは、四十代後半に離婚していたのである。

「震災が起きたころ、保君は、気仙沼の西隣にある折壁の町で、一人暮らしをしていたんです。高校同期の友人の計らいによるもので、三・一一の当日は、その友人と一緒に、買

い物がてら、気仙沼市内の商店街にきていて、帰る途中、渋滞に巻き込まれたらしいんでね……」

これらのことは、せいいちさんが、母校の後輩から聞かされたことで、間違いはないという。せいいちさんや保さん兄弟は、共に、地元の高校の出身者である。この高校の同窓生の間では、保さんの被災死のことを含め、彼の一身上に関しては、ほかにも、いくつかしられていることがあるのだという。

せいいちさんによれば、保さんは、気仙沼市内の水産研究所に、十年間ほど勤務。のち、石巻の関連施設へと転勤する。やがて、仕事上での実績をみとめられ、一部署の、責任ある職制へと昇進することに。そのころに、昔馴染みで、以前、唐桑に住んでいたひとと、再会することになったのである。

彼女は、保さんの高校時代の通学仲間であり、保さんは、市内の高校へ、彼女もやはり市内の女子高校へと、ともに巡航船で通い合った仲であるといった。保さんよりは、二学年下で、

「黒目がちで、きりっとした顔立ちの、綺麗なひとだった」

せいいちさんは、若い頃に自分がみた、彼女の印象についてもふれた。

ついで、これは、地区名を明かさなかったが、せいいちさんは、小声になって、彼女は

町内の、ある民宿経営者の娘だと教えてくれた。さらには、周囲には、とくちゃんと隆一のほかには、人の気配がないのにもかかわらず、一層声を潜めるようして囁くのだった。

それによれば、彼女の出生については、ある噂が語り継がれていて、彼女は、民宿経営者の夫婦の実子ではなく、当時、付近の港湾工事のため、同家に滞在していた、現場責任者と、彼女の母との間に生まれた子供ではないか、との憶測がなされていた。事実、それを裏付けるかのように、彼女の母は、婚家の民宿を出奔してしまっていたのである。

のこされた彼女は、父親が、漁や宿の手配で忙しかったこともあり、祖父母の手で養育されることに。こうした、彼女の出生にまつわる事情については、

「狭い土地柄でもあり、保君の母親がしらないわけはないですよ」

と、せいいちさんは、言いきった。さらに、保さんが、昔馴染みだった民宿の娘に対して、どのよう感情を抱いていたかについても、つぎのように語るのだった。

「保君が、母親に、打ち明けたかどうかはべつとして、高校生の頃から、保君は、その娘と一緒になりたかったのではないかな。ただ、もし、言ったとしても、母親がそれを許したとは、とても考えられませんがね。それこそ、保君を頼りにし、その成長を誰よりも願っていた母親だから、他人に後ろ指を差されかねないような、そうした噂のある娘を、嫁に迎えることに、同意するとは思えないですよ。ただ、それがよりによって、四十過ぎの

中年になって、石巻で再会することになるとはね…」

民宿の娘は、成人後は、気仙沼市内の民間会社に就職し、のち、結婚して石巻地方へと移り住んでいたのであった。一呼吸を置いたあと、せいいちさんは、話をつづけた。

「若い頃の思いがそうさせたのでしょうかね　再会したころは、相手の家庭でも　夫婦間がうまくいっていなかったらしく、隠れて会っていたようだが、やがては、母親にも、嫁さんにもしられ、相当な悶着になったようですよ。ただ、民宿の娘夫婦の方は、実家の祖父(じい)さんの意見が利いたのか、元の鞘に収まることになったのです。ところが、保君の方は、叔母さんや親戚が間に入って、収めようとはしたんだが、どうにもならなかったようです。二人の間に、子供が出来なかったことも、不幸を呼んだ理由の一つかもしれないね……」

結果として、妻は、実家のある住田町へ。保さんは、職場では、それなりの地位にもいたので、苦境に立たされたが、どうにか定年まで勤め上げたのであった。退職後は、石巻市内の水産加工会社に職を得ている。鮪立の実家には、ときどきは、帰っていたようだが、親類の冠婚葬祭にも、ほとんど顔を出さなくなってしまったという。

保さんの母が亡くなったあと、小出家の家宅は、無人の状態となり、保さんは、高校時代の友人の世話をうけ、折壁の借家に住んでいたのだった。

「私にとって、小出家は、保君というよりか、親友だった友達の家です。子供のころから、始終出入りしていて、お袋さんには、ずいぶん世話になりました。亡くなった親父さんは、評判のいい船頭で、人望のある人でしたから、なんとも言いようのない話でして…」

と、せいいちさんは、ことばを詰まらせた。目を遣ると、せいいちさんは、両膝に左右の肘をつき、両手で頭を抱えこむ姿勢になった。

途中、彼の打ち明け話を聞きながら、隆一は、

（このまま、聞いていていいのだろうか？）

と、そんな戸惑いさえ覚えることがあった。せいいちさんが語る中身は、小出家にとどまらず、他家の内情に及ぶものであった。本来は、秘められてしかるべきことなのに、それを部外者で、しかも初対面の自分に告げようとするのである。

が、傍らのせいいちさんの姿を目にしたとき、隆一にとって、それは、親しかった小出家の人達を思い遣る、せいいちさんの心情ゆえのこと、と察しられた。小出家を襲った、災いごとに対する自らの思いを語り、それとともに、それを他に伝えたいという、彼の熱意がさせたのでは、と隆一には解された。

9

とくちゃんと、せいいちさんの二人と別れたあと、隆一は車中で、しばらくの間、その

まま岸壁に留まっていた。おもには、せいいちさんからのものだが、保さんの身上について、諸々知り得た事柄を、その場で整理してみたかったのである。しかし、突然、思いも寄らない事実を突きつけられたかたちであり、どのように纏(まと)めてよいものやら、思案に迷うばかりであった。

が、ややあって、隆一の胸中に、自己崩壊劇とでもいうべき、保さんの来し方が、一本の筋道にそって浮かび上がってきた。保さんは、海岸部に生を享(う)けた者の一人として、「この地の人達の役に立ちたい」と望み、順調に歩をすすめていたのである。ところが、途中で、隘路に踏み迷い、母と妻に背き、晩年は、郷里から離れた地で日々を送り、震災で命を落とすこととなった。

隆一の脳裏に、小出家を再訪した日のことが、にわかによみがえってきた。その日。保さんの母は、満ち足りた表情を浮かべ、また、挙式を控えた住田町の娘は、気恥ずかしげに笑顔をみせていた。

（あの二人に、不幸せが……）

隆一の胸底に、つよい悲しみの感情が湧き上がってきた。

と同時に、保さんの所行と、隆一の中にある、彼との記憶とがどうにも結びつかず、その落差の大きさに気づかせられることになった。かつて、カツオ漁の歴史や、早馬山からの眺望について、また、将来の進路について、熱く語ったときの保さんは、生真面目そのもの、といった印象で、とても、男女間の交情で惑うひとには、到底思えなかったのである。

若い頃の思い人である民宿の娘が、夫と復縁した際、保さんは、それとは逆に、そのまま妻とは離別し、鮪立の母親とも一時音信を断ったという。が、そのことも、保さんが自らの所行をよしとせず、自責の念から出た、身を苛む行為の一つではなかったかと、隆一には、そう解釈されたのである。

別れ際に、せいいちさんは、巷間、言い古されてきた俗諺を口にしていた。

「よく、言うじゃないですか。魔が差す、とか、中年になって覚えた道楽は、身を滅ぼすって。往々にして、真面目な人ほど嵌りやすいともね。保君のことを聞いたとき、このことばが頭に浮かびましたよ。人間、生きていれば、どこに落とし穴が待っているか、当人には、予想はつかないからね」

国内ばかりか、海外の海へも赴き、多くの労苦に耐えてきた、せいいちさんの言である。それなりに、重みをもって、受け止めるほかはなかった。しかし、保さんの場合、道楽という字面も、またそのことばの響きも、どこかそぐわない気がしてならなかった。また、身を滅ぼすということ自体、保さんは、それまでの地位を保ちつつ、定年まで勤め上げているということだから、それも当て嵌まるとは思えない。

ただ、魔が差す、ということについては、一概に、せいいちさんの指摘を無碍にできないのでは、と思われた。保さんが、一つの部署で責任ある立場についたということは、それなりに、仕事面での成果を上げ、職場内での信任を受けることになったにちがいない。本来なら、それを良しとし、身を持するべきものなのだろう。

それなのに、なぜ、母や妻を失意に曝し、自らを一人暮らしの境涯へと落ち込ませてしまったのだろう。一応の地位を得、また暮らしむきも安定した折、たまたま、昔馴染みに再会したのを機に、分別を無くし、深みに嵌ってしまったということなのか。そうであるなら、やはり魔が差したというべきなのかもしれない、と隆一は思った。

その一方で、保さんの生きかたが、そうした俗諺で括られてしまうことに、いささかの抵抗感がないわけではなかった。それは、彼の来し方ばかりではなく、鮪立での隆一の記憶までも、貶めてしまいかねない気がしたからであった。

いつの間にか、日が翳っていた。風が出たのか、ちかくの海面が一斉に波立ち始めている。それに、視線をむけながら隆一は、帰宅したら、初めて鮪立を訪ねた日のことを、もう一度思い起こしてみなければ、と思った。そして、保さんの来し方や、鮪立を含めた唐桑の地が、自分にとってどのような意味をもつものであったのか、改めて考え直してみようと思ったのである。

あとがき

年号が改まった令和元年の春。長らく手がけてきた連作短編を終えることができた。これらの作品の第一作は、三・一一の震災から約二年後に、文芸同人誌の「仙台文学」に発表したもので、石巻市雄勝の小漁村船越を舞台としている。以来、南三陸の海岸沿いを北上し、気仙沼市唐桑に至るまでの、志津川・津谷・大谷・階上（はしかみ）といった海辺の土地に材を取った六つの作品群を、ほぼ一年一作といったペースで書き継いできたことになる。

これら南三陸の海沿いの地には、私はとくべつな愛着を抱いてきた。生地である志津川はいうまでもないが、そのほかのどれをとっても、少年期はもとより、成人して社会人となってのちも、事あるごとに往来を繰り返した、忘れ難い土地ばかりなのである。就職や結婚、子供の誕生といった節目ごとに、あるいは、知人・縁者の慶弔や職場の用向き、はたまた行楽の行き先にと、数えきれないほどの頻度でもって足をはこんでいたのであった。

ところが、三・一一の震災によって、南三陸沿岸の風景は一変した。生地志津川の市街地には、十五メートルあまり、母の実家のある戸倉折立には、二十メートルを超す巨大波が襲来し、かつての町並みは、無残にも崩壊に帰すこととなった。そして、海沿いの漁村のほとんどは、津波の直撃をもろにうけて、廃墟も同然の惨状を呈してしまった。人的な被害も多く、死者と行方不明者数は、南三陸全体の二市二町で七千人余にのぼった。

愛惜（あいせき）する南三陸の地が、こうした厄災に見舞われたとき、なにか震災に係わる作品を書けないものか、と私は自問した。その結果、大袈裟（おおげさ）過ぎるきらいはあるものの、それは当地に生を享（う）けた者の一人として、何か使命ででもあるかのように思われたのである。

構想から、実際に起稿するまでには、一年半ほどの期間を要している。その際、基本としたのは、被災地への現地行をもとに、震災時の状況やその後の経過を、できるだけ正確にかつ丁寧に把握するよう心掛けたことである。くわえて、幼時のころからの記憶を下地に、見聞きした知人や縁者をふくめた住民の受難の様子や消息を、仮構した劇として織り込み、作品化しようとする試みであった。

連作となった六作品の舞台は、南は牡鹿半島の付け根付近から、北は岩手県との境をなす、唐桑半島の東側海岸に至るまでの範囲にあり、いわゆる、南三陸と称される地域を、すっぽりと包含するものである。これらの連作作品を構想する際、私には震災に係わる内容をテーマにするとともに、併せて、その作品の舞台を南三陸という、一つの限られた地域の中で展開してみたいとする意識があった。それによって、幼時より慣れ親しんできた南三陸の地の、過去の有り様と転変のさまが、より一体感を伴った姿で描出できるように思われたのである。

出版に当たっては、多くの方々にお世話になりました。とりわけ被災地を訪れた際、現地の方々には、震災後の大変な時期にも係わらず、懇切かつ丁寧な応対をして頂きました。また、各地の市役所・役場・図書館・公民館・漁協・観光案内所等々の担当者の方々には、ご多忙な折、私の様々な問い掛けに対し、快くご協力を頂きました。お世話を頂いた皆様方に対し、厚く御礼申し上げます。誠に有難うございました。

今回で、本の森社からの刊行は、四度目となります。最近、頓に注意力が減退しているところですが、大内悦男社主には、多くの要望に応えて頂くと共に、言い尽くせないほどのご苦労をお掛けしてしまいました。また、表紙カバーの装幀を担当された、羽倉久美子さんには、南三陸の海にふさわしい素敵なイラスト画を描いて頂きました。お二方のご尽力に対して、心から感謝申し上げます。

最後になりますが、十年前の東日本大震災で犠牲となられた皆様方に、ここに衷心より哀悼の意を表します。

令和三年　早春

近江　静雄

参考（引用）文献

「津浪と村」山口弥一郎　三弥井書店
「志津川の今昔」芳賀清記　創栄出版
「志津川物語」佐藤正助　NSK地方出版社
「海鳴りの記」小松宗夫　宮城県北部鰹鮪漁業協同組合
「狼火消ゆ」小松宗夫　光文堂印刷出版部
「服膺の記」階上地区大震災記録誌編集委員会
「永遠（とわ）に～杉ノ下の記憶～」東日本大震災杉ノ下遺族会
「けせんぬま歴史散歩」加藤正禎　NSK地方出版
「階上村誌」階上村誌刊行委員会
「東北一万年のフィールドワーク12 鮪立」東北芸術工科大学東北文化研究センター

近江　静雄（おうみ・しずお）

本名 三浦忠夫。1941年（昭和16）宮城県南三陸町（旧志津川町）生まれ。80歳。

東北大学教育学部卒。元宮城県公立高校教諭。

1978年（昭和53）教職の傍ら文芸同人誌「仙台文学」に参加。以来、地方の風土・歴史を背景とした小説作品を同誌に発表。1985年（昭和60）『浜街道』で宮城県芸術選奨新人賞受賞。

著書に『浜街道』（沖積舎）『夏草の果て』（本の森）『伊達家臣伝遺聞』（本の森）『仙台藩勤王風雲記』（本の森）。

仙台文学同人。宮城県芸術協会会員。宮城県利府町在住。

南三陸　海浜の記憶

2021年3月3日　初版発行

著　者　近江　静雄
発行者　大内　悦男
発行所　本の森　　仙台市若林区新寺1丁目5-26-305（〒984-0051）
電話＆ファクス 022（293）1303
Email　forest1526@nifty.com
URL　http://honnomori-sendai.cool.coocan.jp

表紙カバー画　羽倉久美子

印　刷　共生福祉会　萩の郷福祉工場

定価は表紙に表示しています。落丁・乱丁本はお取替え致します。

ISBN978-4-910399-03-4